De erfenis

ACS CO   ΛΜ

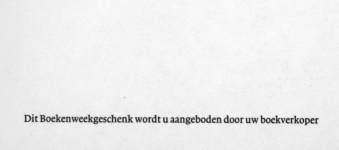

Dit Boekenweekgeschenk wordt u aangeboden door uw boekverkoper

Connie Palmen

De erfenis

Een uitgave van de Stichting Collectieve Propaganda van het
Nederlandse Boek ter gelegenheid van de Boekenweek 1999

De erfenis werd door Uitgeverij Prometheus geproduceerd voor
de Stichting Collectieve Propaganda van het Nederlandse Boek
ter gelegenheid van de Boekenweek 1999.

Dit boek is gedrukt op 100% chloorvrij geproduceerd papier.

© 1999 Connie Palmen
Omslagontwerp en typografie Marten Jongema
NUGI 300 / ISBN 90 74336 46 9

In mijn toespraak op de begrafenis van Lotte Inden vertelde ik wat ze tegen mij zei toen ik voor haar begon te werken.

'Ik heb niet genoeg tijd om heel fatsoenlijk en beleefd tegen je te zijn,' had ze gezegd, 'dus vergeef me bij voorbaat mijn grofheden.' Wat ze daarna had gezegd verzweeg ik: 'En als je er niet tegen kunt, dan moet je gaan.'

Even later had een van haar broers mij aangesproken en hij zei dat ze nooit tijd had gehad, dat het enige waarmee ze in haar leven zuinig omsprong de tijd was, dat hij zich haar vanaf zijn jeugd niet anders herinnerde dan zo.

'Mijn tijd is mijn leven,' had ze tegen hem gezegd.

Dergelijke zinnen heb ik later wel teruggevonden in haar papieren. Het is ook waar dat ze nergens anders zuinig mee was. Zowel zij als haar vrienden zijn de meest gulle mensen die ik ooit ontmoet heb. Toen ik haar eens vroeg naar een verklaring voor zo veel gulheid zei zij dat dat logisch was, dat gierige mensen nooit goede schrijvers konden zijn, nooit, en dat je aan de manier waarop iemand met geld en goederen omging kon aflezen hoeveel hij te geven had aan liefde, ideeën, bewondering, vriendschap en aan al dat andere ontastbare.

'Het ontastbare is de keerzijde van het woord,' zei ze en dat schrijven geven was, niet meer en niet minder dan dat. Soms vroeg ik door, omdat ik niet direct begreep wat ze bedoelde. Meestal was ze bereid me iets tot in de finesses uit te leggen, maar toen ze zieker werd zei ze steeds vaker dat ik het antwoord wel zou vinden, in haar papieren en dat ik haar nu met rust moest laten, dat ze moe was. Ter afsluiting zei ze dan nog: 'Zie onder,' en dan volgde een woord waarop het gesprek betrekking had. Zie onder *geld, woorden, vriendschap*.

Vijf jaar geleden nam ze me in dienst, voor vierentwintig uur per dag, kost en inwoning inbegrepen. Ik betrok een etage in haar grachtenpand en ik was de eerste week voornamelijk bezig met het monteren van intercoms, alarmbellen en andere vernuftige elektrische installaties waarmee ze me kon bereiken als ze me nodig had. Ze rustte me uit met een buzzer en een mobiele telefoon en vanaf dat moment kon ze ieder uur van de dag en de nacht een beroep op me doen, waar en met wie ik ook was. Een aantal van mijn vrienden was bezorgd en vroeg me of ik wist wat het inhield dat ik voor haar ging werken. Ik weet niet of ik wist wat het inhield, maar ik wist dat het geen werk was, dat ik het niet beschouwde als een baan. Het was de verandering in mijn leven waarnaar ik altijd verlangd had en die verandering maakte me gelukkig. In zekere zin werd mijn grootste wens (door anderen en met name door mijn vader snerend en spottend als een belachelijke onmogelijkheid afgeschilderd) toch bewaarheid. Op de vraag wat ik wilde worden gaf ik aanvankelijk naïef en later met de stugheid van een vernederd kind als antwoord dat ik van beroep lezer zou worden. Ik ben nooit dichter bij mijn verlangen geraakt dan in de jaren die volgden op de dag dat ik bij haar introk.

Ik ontmoette haar voor het eerst bij de uitgeverij waar ik werkte als freelance redacteur voor de afdeling wetenschappelijke werken. Ik was dertig, neerlandicus en ontevreden. Zij was verbonden aan een andere uitgever, maar ze werkte mee aan een van onze verzamelbundels met essays over de twintigste eeuw. Het merendeel van de auteurs die een bijdrage leverden aan de bundel, was op die ochtend bijeengekomen in onze vergaderruimte en ik bracht de koffie rond. Het was zomer en in de ruimte was het benauwd, ook al stonden de ramen open. Later zei ze dat dat het eerste was wat haar opviel, dat ik een trui met lange mouwen droeg en dat ze zich, zodra ze zoiets opmerkte, onmiddellijk afvroeg waarom dat was. Op het moment dat ik rechts van haar stond, een kop koffie van het dienblad nam en mij vooroverboog om die voor haar neer te zetten, trok de mouw van mijn rechterarm een beetje op. Met een korte ruk van haar hoofd keek ze op en ze draaide haar gezicht naar me toe.

'Je moet weggaan bij die man,' zei ze.

Ze zag dat ik in verlegenheid was gebracht en toen heeft ze glimlachend even een hand op mijn arm gelegd.

Pas na weken vroeg ik haar om opheldering. Ik ben geen man aan wie te zien is of hij met mannen of met vrouwen verkeert, tenminste, dat meen ik van mijzelf. Ze gaf niet direct antwoord. Ze keek me aan met lichte spot.

'Nooit Sherlock Holmes gelezen?'

'Nee.'

'Ik ook niet,' zei ze, 'die ken ik alleen maar van de televisie,' en ze lachte kort, hard en aanstekelijk.

'Vrouwen bijten en krabben. Alleen mannen laten hun vingerafdrukken achter in het vlees,' zei ze.

Ik was toen al zo geoefend dat ik aan de klank waarmee ze een zin eindigde, kon horen dat ze het niet de moeite waard vond daarover nog meer te zeggen.

Hoeveel ik ook van haar leerde en hoe goed ze me ook op mijn taak heeft voorbereid, ik weet dat ik geen schrijver ben. Natuurlijk werd ik in mijn jongensjaren geplaagd door het verlangen dat iedere passievolle lezer kent, namelijk om datgene te beheersen waarvan je eigen geluk voor een deel afhankelijk is, om te kunnen maken waarvan je zelf gelaten geniet, maar ik heb ontdekt dat deze gelatenheid bij me past, dat ik nooit aan de kant van de makers zal geraken, omdat ik niet de persoonlijkheid van een maker bezit. Door de jaren met haar heb ik beter begrepen waaraan het mij ontbrak of waarvan ik te veel had, zo kun je het ook zeggen.

'God geve dat je niet de heimelijke wens koestert schrijver te worden en dat ik je daarbij zou kunnen helpen, want dat kan ik niet,' zei ze tijdens die eerste weken van onze kennismaking. Ik heb haar toen geantwoord dat ze daarvoor niet bang hoefde te zijn, dat ik niets anders wilde zijn dan wat ik was en dat ik een lezer was.

'Dan is het goed,' zei ze. Ze voegde eraan toe dat het belangrijk was mij veel over dat schrijven te vertellen en dat ze het onverdraaglijk zou vinden als ze het idee had dat ze mij daarmee zou kwellen.

Bij de uitgeverij had ze navraag naar me gedaan, om mijn naam en telefoonnummer verzocht en ze belde me de dag na de vergadering thuis op.

Ze noemde haar naam, lichtte mij in over de wijze waarop ze aan mijn naam en telefoonnummer kwam en vroeg zonder verdere overgang of ik tevreden was met mijn werk, met mijn leven.

'Nee,' zei ik.

Nadat ze (met lichte schroom, meende ik) gevraagd had of ik haar werk kende, nee, of ik van haar werk hield en ik antwoordde dat ik werkelijk zeer veel van haar werk hield, stelde ze me voor haar diezelfde avond, om acht uur, te komen bezoeken. Ze zou me een voorstel doen voor een ander leven en een wellicht wat eigenaardige taak. Ze gaf me haar adres en hing op.

Die avond heb ik om acht uur precies bij haar aangebeld en heeft ze me verteld over haar ziekte en over wat ze van mij verwachtte. Ze had in de deuropening gestaan met een grote glimlach op haar gezicht. Ze verklaarde die lach door te zeggen dat ze opgelucht was over mijn stiptheid, dat ze het een veeg teken had gevonden als ik ook maar vijf minuten te laat verschenen was. We hebben urenlang met elkaar gepraat. Toen ik diep in de nacht terugkeerde naar mijn huis begreep ik waarom dat zo belangrijk voor haar was.

Voor onze kennismaking had ze een maand uitgetrokken en in die maand deden we alles wat we in de komende jaren dagelijks of met enige regelmaat zouden doen. De eerste week reisden we naar Bretagne, naar haar huis op een heuvel dat uitzag over de oceaan. Op de heenweg reed ze uren achter elkaar, zwijgend en zichtbaar genietend van de snelheid en van de muziek op de verschillende popstations.

'Autorijden is een van de meest aangename vormen van stilzitten,' had ze bij ons vertrek gezegd.

Bij de tweede of derde stop ging ze, zonder aan te kondigen dat het nu mijn beurt was om te rijden, op de passagiersstoel zitten, leunde met haar hoofd achterover en sloot haar ogen. Het kwam zelden voor dat ik op de proef gesteld werd zonder dat dit mij buitensporig tegendraads, weerbarstig, narrig, ongelukkig en ten slotte onhandig maakte. Ik weet niet zeker waarom haar aanwezigheid een geruststellend effect op mij had, maar ik vrees dat het de toekomst was die ze mij in het vooruitzicht had gesteld, een toekomst waarin ze steeds afhankelijker van mij zou worden en waarin ze alles wat ze nu nog met zo veel verve deed, niet meer zou kunnen.

Na een maand zei ze dat ze mij mocht, dat ze mijn gezelschap aangenaam vond, dat ze mij intelligent, geestig, aantrekkelijk, enzovoort vond en dat ze bewondering had voor het gemak waarmee ik omging met de mensen aan wie ze mij had voorgesteld. Ze zei dat ze te trots was om te vragen of ik van haar gezelschap hield en dat ik bovendien helemaal niet van haar hoefde te houden, want ze betaalde mij tenslotte om haar te kunnen verdragen, maar de huid van haar voorhoofd trok samen van de spanning toen ze me de vraag stelde of ik de baan wilde en wachtte op een antwoord.

Ik zei haar dat ik niets liever wilde dan hier te komen wonen, bij haar in huis, om te doen wat ze van mij verwachtte, maar dat ik mij om één ding zorgen maakte. In de afgelopen maand had ik alles waarin ik behendig was kunnen tonen, ik kookte, reed auto, tilde haar op en droeg haar trappen op en af (om het uit te proberen), ik had haar contracten en haar administratie bestudeerd en met haar lijfarts gesproken over welk verloop haar ziekte kon hebben, ik was nergens bang voor, behalve voor dat ene wat ze van mij wilde en waarover zij niet meer gesproken had sinds de avond van mijn eerste bezoek.

'Als je met mij kunt omgaan kun je dat ook,' zei ze stellig. 'Omgaan met mij is een stuk moeilijker dan omgaan met mijn woorden.'

Nu ik op het punt stond dat leven in haar dienst te beginnen, durfde ik haar te vragen wat ik steeds had willen weten, wat het was geweest die zomerdag waardoor ze navraag naar mij had gedaan, waardoor ze mij uitgekozen had. Ze lachte naar me en bloosde licht.

'Omdat ik een vrouw ben die vingerafdrukken achterlaat in het vlees,' zei ze toen.

Zij bewoonde twee etages, die op de begane grond en de etage daarboven. Via een aparte ingang had ik toegang tot wat mijn etage zou worden, die op tweehoog. De ruime zolderverdieping was bestemd voor de opslag van wat zij de eerste keren spottend haar erfelijk materiaal noemde, maar deze benaming raakte bij ons zo ingesleten, dat we het er algauw zonder enige vorm van ironie over hadden. We realiseerden ons pas weer wat we zeiden als er andere mensen op bezoek waren en wij aan hun reacties merkten dat het inderdaad vreemd moest klinken als zij het had over al dat erfelijk materiaal van een halve eeuw leven, dat daar maar op zolder lag.

Ten tijde van onze ontmoeting wisten alleen haar uitgever, enkelen van haar beste vrienden en ik van haar ziekte. Ze had zich aanvankelijk voorgenomen haar familie pas in te lichten als ze zich moeilijker zou gaan bewegen, als de ziekte niet meer te verbergen was. Ze zei dat ze dit het zwaarste vond, de keuze tussen de eenzaamheid van het geheim en de gemeenschap van de verschrikkelijke kennis, om de anderen die kennis aan te doen.

'Het geheim verandert mij en de kennis verandert de anderen,' zei ze en dat ze niet wist wat het beste was, niet zozeer voor haar, als wel voor de anderen. 'Vanaf nu gaat het al helemaal om de anderen.'

Ik herinnerde haar aan de inhoud van het essay dat ze onlangs ingeleverd had voor de verzamelbundel, waarin zij beweert dat kennis liefde is en dat zij, door haar geheimhouding, de mensen die tot degenen behoorden die ze het meest liefhad, kennis en dus liefde onthield.

'Stel dat dit lot een van uw broers getroffen had,' zei ik, 'zou u het dan vanaf het allereerste moment hebben willen weten?'

Ze heeft me ontzet aangekeken, ja geknikt en toen heeft ze gehuild. Dat was voor het eerst en ik wist me er nog geen raad mee. Om mij op mijn gemak te stellen heeft ze door haar tranen heen naar mij gelachen.

'Zie onder *familie*,' hikte ze.

Niet lang daarna heeft ze haar broers uitgenodigd in haar huis. Ze had een diner voorbereid, zich opgemaakt en mooie kleren aangetrokken. Alhoewel ik blijk gaf van enige aarzeling verzocht ze mij dringend die avond aanwezig te zijn.

'Ik heb jou ook ter geruststelling van hen,' zei ze.

Op de avond dat ik haar voor het eerst bezocht, had ze het zo tegen mij verteld: 'Er is een ziekte in mij begonnen en die ziekte legt mij langzaam lam. Er zijn geen geneesmiddelen om haar te stoppen of te laten verdwijnen. Het hart is een spier, dus ik ga er dood van. Niemand weet wanneer, maar ik moet niet op tien jaar rekenen, zegt mijn arts.'

Tegen haar broers kon ze deze toon niet opbrengen. Ze zaten rond haar tafel, haar broers en hun vrouwen en ze hadden plezier. Pas bij de koffie en de calvados begon ze erover. Zo luchtig mogelijk had ze het over een progressieve spierziekte en ze vermeed iedere toespeling op de uiteindelijke afloop ervan. Het enige wat ze kon zeggen was dat ze in de komende jaren, niemand wist wanneer het begon, waarschijnlijk slecht ter been zou raken, maar dat dat verder geen enkel probleem was, want ze had mij immers in dienst genomen om voor haar te zorgen. Ze grapte dat ze er altijd stiekem van gedroomd had bewegingloos te worden, van een onmacht die haar zou ontslaan van alle banaliteiten zoals boodschappen doen, brieven naar de brievenbus brengen, fietsen, lopen, van bijna iedere beweging. Goed, dansen zou ze missen, schrijven en autorijden natuurlijk. Ze vroeg mij te demonstreren met welk een gemak ik haar uit een stoel kon tillen en het is waar, er was niks aan, want ze was licht, ze woog nog geen vijftig kilo, maar toen ik die avond mijn linkerarm onder haar benen schoof en de rechter rond haar lendenen sloeg, scheen ze me opeens loodzwaar toe en ik verborg mijn gezicht in de holte van haar hals om niet te hoeven zien hoe haar broers probeerden hun verslagenheid te verbergen en haar in de waan te laten dat ze werkelijk geloofden in de charade die hun zus voor hen opvoerde.

Rond middernacht heeft ze afscheid genomen van haar broers en daarna zat ze te staren naar het smeulende vuur in de open haard. Ze zag eruit alsof ze met rust gelaten wilde worden, alsof ze geen woord meer kon uitbrengen. Voordat ik naar mijn eigen etage ging heb ik nog een glas rode wijn voor haar neergezet, maar ze zei niets en keek niet op van het vuur.

Het was in die nacht dat ik voor het eerst deed wat in de komende jaren mijn dagelijkse werk zou worden. Ik ging naar de zolderverdieping, liep naar het rek met de zwarte ringbanden, nam de band F-H ertussenuit en zocht onder *familie*. Uit de opsomming op de eerste pagina koos ik voor *broers* – zie: Salinger, J.D. *Franny en Zooey*. De dunne Amerikaanse pocket puilde uit van vijf keurig opgevouwen, volgeschreven A4'tjes.

'Het is een merkwaardige liefde, de liefde voor de broers, ze is met niets te vergelijken. Ik zal nooit van iemand met wie ik vriendschap sluit zeggen dat die vriend mijn broer zou kunnen zijn, dat ik hetzelfde voor hem zou voelen als voor een broer, want dat is nooit zo. Alleen mensen die geen broers hebben, maken van vrienden en geliefden broers en denken dan dat die liefde gemakkelijker is, maar iemand die broers heeft weet dat dat niet zo is. Toch heeft niemand beter begrepen wat voor een soort liefde het is dan Salinger en Salinger is enig kind.

Ik kan eraan aflezen op welke manier zijn ouders van hem gehouden hebben.

Waarschijnlijk kun je in het begin van je leven niet eens anders van iemand houden dan zoals er van jou gehouden wordt. En soms moet je dan de rest van je leven gebruiken om dat af te leren, om te leren liefhebben op een manier die jou minder pijn doet. Ik ben er op mijn zestiende mee begonnen. Ik kreeg een les van de juffrouw van Tim.

Ik was al tien, maar ik had niet in de gaten dat ze zwanger was geweest. Opeens was ze weg en lag ze in het ziekenhuis in de stad. We hadden er een broertje bij, zei mijn vader glanzend. Hij stond bij het aanrecht en hij hield zijn hand onder een straal water om te voelen of de temperatuur goed was. Hij nam een washandje, maakte het nat en riep mijn oudste broer. Wij waren er allang aan gewend ons zelf te wassen, maar niemand wilde dat tegen hem zeggen. Hij waste ook onze oren, die vergaten wij altijd. Het was heerlijk om door hem aangeraakt te worden, ook al zat er een washandje tussen. We moesten onze zondagse kleren aantrekken, voor onze moeder, zei hij, want ze had het een beetje moeilijk en we wisten hoe fijn zij het vond als wij er netjes bij liepen. In mijn kamer koos ik een witte bloes uit en ik moest een paar keer achter elkaar slikken toen ik mijn neus in het katoen drukte en de geur van het goed rook dat door mijn moeder gewassen, gesteven, gestreken en gevouwen was.

Timmie had een groot, rood hoofd en mijn moeder had blauwe wallen onder haar ogen. We deden allemaal alsof we dat niet zagen en we zeiden dadadada tegen de baby, lieten om de beurt onze wijsvingers omklemmen door die kleine, doorzichtige klauwtjes en deden heel vrolijk tegen onze moeder.

Op de terugweg zei mijn vader dat mama slecht kon slapen op die zaal, met allemaal van die giechelende, jonge meiden om haar heen die tot diep in de nacht doorgingen met kwebbelen. Ik had er werkelijk geen idee van hoe oud mijn moeder was, maar dat ze stukken ouder was dan de andere vrouwen in die zaal, dat had ik ook wel gezien.

Ze huilde toen ze thuiskwam met de baby in haar armen.

Het was 1963 en er was nog geen postnatale depressie. Tenminste bij ons in de buurt had niemand zoiets. In 1963 moest je wel stralend gelukkig zijn met een baby, je had geen andere keus. De dokter heeft mijn moeder toen een doosje met pillen gegeven die in een strip zaten, zonder haar te vertellen wat voor een pil het was. Hij had er alleen maar bij gezegd dat ze die iedere dag op hetzelfde uur moest slikken en dat ze hem geen enkele dag mocht vergeten. Als de strip leeg was moest ze zeven dagen wachten en dan met een nieuwe beginnen. Ze kwam er pas jaren later achter dat ze de eerste in haar omgeving was die aan de anticonceptiepil werd gedaan. De dokter had er niet bij gezegd dat het een pil was waarvan iemand misschien weleens dik en verschrikkelijk treurig kon worden. Ik denk dat hij dat zelf ook niet wist en dat hij, als je hem gevraagd had of dat kon, of die pillen iemand verdrietig konden maken, dat hij je dan in je gezicht uitgelachen had en gezegd zou hebben dat zoiets echt niet kon, dat er heus geen verdriet zat in zo'n klein pilletje. Ze wisten volgens mij toen echt helemaal niks van hormonen en zo, echt helemaal niks.

Binnen de kortste keren veranderde Timmie van een rood aangelopen, kalige negenponder in een wonderbaarlijk mooi, frêle, lief en een beetje een angstig kind.

Ik verloor hem geen seconde uit het oog, nam hem alles uit handen wat hem niet direct lukte en ik dacht dat ik daar goed aan deed.

Op de dag dat mijn moeder hem naar de kleuterschool bracht en 's avonds voor mij verzweeg dat hij hartverscheurend huilde toen ze hem daar achterliet, brak ik op de middelbare school mijn persoonlijke record en lukte het me voor het eerst om in elk lesuur strafwerk op te lopen. Na het eten kon ik niet eens met Timmie spelen want ik moest tien scheikundige samenstellingen vijftig keer overschrijven, drie multoringblaadjes vullen met een zin uit een achttiende-eeuwse roman die we klassikaal lazen ("Mettez votre bonheur à les aider, comme elle l'y avait mis elle-même") en nog eens drie multoringblaadjes met een positieve en een negatieve boekhoudkundige balans.

Ik vond het niet erg.

Ik hield van strafwerk schrijven, daar werd ik heel kalm van.

Vanaf het moment dat Timmie in de eerste klas van de lagere school zat, had ik geen rust meer. De lagere school bevond zich op hetzelfde terrein als de middelbare school en hij was te dichtbij om hem te kunnen vergeten. Van ieder kind dat in de verte huilde dacht ik dat het onze Timmie was en dan was het met mijn concentratie gedaan. In de pauzes tussen de lesuren sloop ik via de struiken die de gebouwen scheidden, naar het gebouw waarin Timmie zich bevond. De eerste klas was ondergebracht in de zijvleugel van een oud, statig gebouw. Het was een lichte ruimte met een gevel die geheel uit langwerpige ramen bestond, verdeeld in kleine glazen ruiten. Tweemaal per dag stond ik met mijn neus tegen de ruit gedrukt en ik kreeg pas rust als ik het blonde hoofd van Timmie tussen de andere kinderen ontdekte en ik zag dat hij niet huilde, maar voorovergebogen boven een tekenblok of boek zat of met de anderen speelde. Een keer kwam het voor dat zich in de hele klas groepjes gevormd hadden en alleen onze Timmie apart aan een tafeltje zat. Het brak mijn hart en het liefst was ik het lokaal binnengestormd om zijn afzondering op te heffen, maar ik moest naar Frans.

De leraar die we daarvoor hadden was een zachtmoedige, hoffelijke, romantische man. Hij draaide "Le moribond" van Jacques Brel voor ons en "La fortune" van Léo Ferré en ook "Non, non, rien n'a changé" van de Poppys, omdat wij nog jong waren en vrolijk en de Poppys iets van onze eigen tijd was. Je merkte aan alles dat hij zichzelf geweld moest aandoen om streng tegen je te zijn of je straf te geven.

"Mademoiselle Inden, qu'est-ce qu'il y a?" vroeg hij al enkele minuten nadat de les begonnen was. We moesten gedurende de lesuren Frans spreken, dus ik zei: "Rien."

"C'est rien, monsieur."

"C'est rien, monsieur," zei ik met een dikke keel, want ik kon er even niet tegen dat iemand, wie dan ook, kritiek op mij had. Hij zweeg een kort moment. Daarna zei hij in het Frans dat mijn ogen mij tot een slechte leugenaarster maakten. Tegen de zachtheid van die opmerking was ik nog slechter bestand dan tegen kritiek of straf en er gleed zomaar een traan over mijn wang die ik niet weg durfde te vegen, omdat het dan nog meer zou opvallen, maar het was sowieso te laat, want mijn leraar wenkte me, opende de deur naar de hal en liet mij voorgaan. Hij legde een hand op mijn schouder, wat allemaal heel aardig was en goed bedoeld en ik vond het ook verdomd pijnlijk dat ik zelfs in het Nederlands geen antwoord kon geven op zijn vraag naar wat er aan de hand was.

Wat had ik moeten zeggen?

Onze Timmie zat helemaal alleen en daar kan ik niet tegen?

Of dat ik de gedachte aan iedere seconde van verdriet, eenzaamheid, leed, pijn, onvermogen en andere ellende in het leven van mijn ouders en van mijn broers onverdraaglijk vond en dat ik er mijn leven voor wilde geven als ik bij machte was hun dat te besparen?

Salinger is weleens verweten dat hij die familie Glass, dat hij die broertjes en dat zusje te schattig, te zoet en te lief maakte, te aardig en te zorgzaam voor elkaar. De criticus die dat schreef, heeft toch echt geen flauw benul van hoe sommige families in elkaar steken, echt niet.

Too cute, laat me niet lachen.

Natuurlijk had Tims juffrouw allang in de gaten dat ik zijn zus was. Bovendien had ze blijkbaar scherp opgelet wanneer ik tijdens een korte pauze naar binnen keek en wanneer ik meer tijd had, omdat het mijn vrije middag was. Dat was op de donderdag en ze heeft gewoon gewacht tot het weer eens een donderdag was en toen zwaaide ze naar me vanachter de ramen en nodigde mij uit naar binnen te komen.

Ik schaamde mij opeens verschrikkelijk.

Ik was zestien, maar ik had het postuur en plotseling ook weer de onbehouwenheid van een twaalfjarige. Blozend stond ik voor een klas met kinderen van zes of zeven jaar oud en ik wist me geen raad. De juffrouw stelde me voor als Charlotte Inden, het zusje van Timmie en ze zei dat ik een beetje in de klas kwam helpen, met handenarbeid. Ze spoorde de kinderen aan door te gaan met het plakken en knippen, waarmee ze bezig waren op het moment dat ik binnenkwam en die kinderen deden dat onmiddellijk. Ze nam mij apart en sprak mij op gedempte toon toe. Het was een lieve vrouw, dat kon je aan alles in haar gezicht aflezen. Het was ook aan haar te zien dat ze naar de juiste woorden zocht en dat ze vreselijk haar best deed om mij niet voor het hoofd te stoten.

Ze had me wel gezien, zei ze, en ze begreep ook waarom ik iedere dag naar mijn broertje kwam kijken, maar hoe lief ook bedoeld, zo veel zorg en bescherming was misschien niet zo goed voor Timmie, voor zijn zelfvertrouwen en voor zijn ontwikkeling. Timmie mocht best wat zelfverzekerder worden en daar kon ik hem ook bij helpen, maar dat moest dan wel op de goede manier gebeuren, daarvoor moest ik juist meer aan hem zelf overlaten.

"Twee moedertjes is er een te veel," zei ze zacht en die zin zette zich met kracht van de waarheid in mijn hoofd vast om er nooit meer uit te verdwijnen. Ik schrok me wezenloos van haar gelijk.

Wat ik ervan zou vinden, vervolgde ze, om in plaats van iedere dag naar Tim te komen kijken, één keer per week, tot aan de zomervakantie, op de donderdagmiddagen te komen helpen in de klas, met handenarbeid, zoals nu. Vanzelfsprekend moest ik dan niet alleen aandacht geven aan Tim, maar ik moest mijn aandacht verdelen over alle kinderen, zoals een echte onderwijzeres dat deed.

Ik stemde ermee in. Wekenlang ging ik op donderdagmiddag naar de lagere school en bedolf ieder kind onder mijn aandacht, behalve onze eigen, fijne Timmie, die bezag ik vanuit mijn ooghoeken en ik liet hem verder een beetje links liggen.'

Onder de tekst stond een datum: 11 oktober 1988. Ik vouwde de blaadjes op en stopte ze terug in de pocket van Salinger. Het duurde een poos voordat ik in slaap viel. Ik was opgewonden over wat mij de komende jaren te doen stond.

De dokter had haar geadviseerd te genieten, om veel te gaan reizen en alles te doen wat ze leuk vond, vertelde ze mij op de avond van mijn eerste bezoek, de avond toen ze mij uitlegde waarmee ik haar in de komende jaren moest helpen.

'Zodra artsen over reizen beginnen, weet je wel hoe laat het is,' zei ze.

Zij had tegen hem gezegd dat ze er helemaal geen zin in had te gaan reizen en nieuwe ervaringen op te doen, dat ze nog lang niet klaar was met haar voorbije ervaringen en dat die een zeker ouderdomsrecht hadden.

'Het is mijn geluk dat ik mijn geluk al vroeg heb leren kennen,' zei ze tegen mij, 'dus ik wist dat het voor mij niet in het bewegen, maar in het stilzitten zat, dat ik niks anders wilde doen dan wat ik al deed en dat ik door wilde gaan met lezen, nadenken en schrijven.'

Over het boek dat wij in de komende jaren zouden gaan maken zei ze dat het een oud idee was, ze zou moeten nazoeken wanneer ze er voor het eerst over begon te denken, maar het was langer dan vijftien jaar geleden en ze had zich al die jaren heimelijk verheugd op het maken van dit omvangrijke, moeilijke werk.

'De kiem van het idee ligt in het eerste boek van Marcus Aurelius' *Meditaties*,' had ze me destijds verteld. 'Voordat hij zijn overdenkingen op papier zet, begint Marcus Aurelius met het noemen van de personen aan wie hij bepaalde eigenschappen van zijn karakter, inzichten, lessen en een houding tegenover het leven te danken heeft. Vader, moeder, grootvader, overgrootvader, vrienden, leraren, iedereen die een steentje heeft bijgedragen om hem te vormen tot de man die hij op dat moment is, passeert de revue. Dat gaat dan zo van: aan die heb ik dit te danken en dankzij huppeldepup las ik het boek van die en die filosoof en weer iemand anders deed mij inzien waarom ik nooit naar roddels moest luisteren en van die persoon heb ik geleerd hoe ik moest omgaan met de verschrikkelijke krampen van acute pijn, zoals die na de dood van mijn zoon, en weer een ander was voor mij een levend voorbeeld van hoe waardevol het is onder alle omstandigheden een goed humeur te bewaren, enzovoort. Ik vond dat groots. Het is niet eens zozeer hoe het er staat, het danken zelf maakte indruk op me. Het is het erkennen van je schatplichtigheid. Danken kun je alleen als je beseft dat je iets gekregen hebt.'

Ze had onze glazen weer volgeschonken, een sigaret opgestoken en een korte poos gezwegen. Ik geloof niet dat ik toen al enig vermoeden begon te koesteren wat voor een boek haar voor ogen stond.

'Het is aandoenlijk hoe klein die lijst van Marcus Aurelius eigenlijk is,' zei ze zacht. 'Leren moet in die eeuwen voor en in die eerste eeuwen na Christus nog heel overzichtelijk zijn geweest.'

'Wat familie, wat leraren en een handvol boeken,' somde ik op.

Ze keek me aan en vroeg me of ik herinneringen had aan wat ik wanneer en hoe van iemand leerde. Het verbaasde mij hoeveel beelden er opeens door mijn hoofd tuimelden en ik durfde haar vraag niet bevestigend te beantwoorden vooraleer ik een beeld stop kon zetten en voor het grijpen had.

'Ja,' zei ik en ik liet er verontschuldigend op volgen dat het een wat onnozele herinnering was.

'Er bestaan geen onnozele herinneringen,' zei ze kortaf.

Daarop vertelde ik haar dat ik mij, tot in de toppen van mijn vingers, het moment heugde waarop het me voor het eerst lukte mijn eigen veters te strikken. Met een groeiend ongeduld deed mijn vader het iedere dag weer voor, maar het ineenvlechten van de veters was voor mij een onontwarbaar geheim en ik dacht dat het mij nooit zou lukken zoiets moois en ingewikkelds als een strik te maken.

Ze zei dat ik mij dan waarschijnlijk ook herinnerde waar ik mij met mijn vader bevond, welke kleren ik droeg, hoe hij rook, hoe hij naar mij keek toen ik er eindelijk in slaagde mijn veters ineen te vlechten en dat het overwinnaarsgevoel, dat ik toen gehad moet hebben, gewoon nog ergens opgeslagen lag in mijn lichaam en dat ik het zomaar te voorschijn kon halen.

'Ja,' zei ik, 'dat is zo.'

Zonder nog precies te weten wat ze van mij verlangde, besloot ik op dat moment alles te doen om zoveel mogelijk in haar nabijheid te kunnen zijn.

's Ochtends was ze het liefst alleen. We hadden afgesproken dat ze mij voor negenen zou bellen als ze mijn gezelschap bij het ontbijt op prijs stelde, maar dat was, in de eerste jaren tenminste, meestal niet het geval en dan zag ik haar pas rond een uur of drie in de middag. Tot dat tijdstip werkte ze aan haar laatstverschenen roman *Geheel de uwe*, waaruit ze mij 's avonds soms hele delen voorlas. Het was een gefingeerde autobiografie van een fan, waarin ze, zoals ze uitlegde, probeerde iets meer te begrijpen van wat haar een typisch kenmerk van de twintigste eeuw scheen te zijn.

'Sinds de jaren twintig van deze eeuw hebben de media ons begrip van wat de werkelijkheid is veranderd,' zei ze en dat de voornaamste verandering natuurlijk was hoe werkelijk we onszelf nog waanden. 'Intussen zijn we allemaal wel de bewonderaar van iemand die wij nog nooit persoonlijk ontmoet hebben, dat is de twintigste eeuw. We kennen hun levens, we weten hoe ze praten en lopen, we leven met hun nabijheid zonder hen ooit aan te raken. We zijn allemaal onderdeel van het publiek van iemand die op de een of andere manier thuishoort in de wereld van de fictie.'

Ik gebruikte mijn ochtenden voor het verzorgen van haar post en administratie en voor een van mijn taken, die moeilijk in één woord te omschrijven is, maar die wij onderling betitelden als destilleren. Bij het destilleren ging het om boeken waarin zich verder geen, door haar geschreven teksten bevonden, maar waarin zich op de lege pagina's achter in het boek, in de marges van de tekst, of op de binnenkant van de kaft, aantekeningen bevonden. Vaak was het niet meer dan een woord, waarmee ze een alinea op een pagina in het boek probeerde samen te vatten. *Medelijden, liefde, familie, originaliteit, zelfdestructie, schrijven,* enzovoort. Behalve de titel van het boek en de maand en het jaar waarin ze het gelezen had, moest ik het lemma overnemen en daaronder de passage uit het boek overtikken waarop het lemma betrekking had.

'Er komt onherroepelijk een dag waarop ik geen boek meer uit de kast kan halen en in mijn handen kan houden,' had ze gezegd. Ze hoopte dat ze dan wel nog in staat was met een vinger de computer aan de praat te krijgen, om zo toegang te behouden tot haar erfelijk materiaal.

Op de dag die volgde op de nacht waarin ik *broers* gelezen had, duurde het me te lang eer het drie uur werd en ik haar kon vertellen over het lezen en dat ik mij nu beter kon voorstellen hoe haar boek eruit ging zien, waarvan het gemaakt zou worden, maar rond het middaguur belde ze me om te zeggen dat ze me een tekst zou faxen die ik moest overtikken en naar een tijdschrift moest opsturen, dat ik daarna vrij had en dat ze die avond wat vrienden zou bezoeken. Ze klonk kil en afstandelijk en ik verbaasde me over de plotse, logge droefheid die mij overviel.

Nog geen vijf minuten nadat ik haar gesproken had, ratelde de fax en las ik de tekst die ze op verzoek van een buitenlands tijdschrift schreef. Het ging om een maandelijkse column waarin iemand vertelde waarvan hij of zij wel en niet hield. Tijdens het lezen ervan verdween mijn droefheid en daarna tikte ik de tekst glimlachend over. Aan de bovenkant van het blad had ze in haar kriebelige handschrift een bericht aan mij geschreven: 'Lieve Max Petzler, zo zit dat. Niks om je zorgen over te maken. Tot morgen, je verdorven vedette.'

'Ik hou van haring, maar hij mag niet te koud zijn en niet te warm. Op sommige dagen hou ik helemaal niet van haring, ook al is hij niet te koud en niet te warm en dan weet ik niet waarom op die dag de haring me tegenstaat.

Dit heb ik met meerdere dingen waarvan ik hou. Om onverklaarbare redenen hou ik er soms niet van.

Ik hou veel te veel van wat slecht is. Ik hou van veel drinken, veel roken, van langdurig en hard autorijden en soms vind ik het heerlijk mij te laten vallen voordat ik over mijn schouder gekeken heb om te zien of daar nog iemand staat die mij op zal vangen. Maar ik hou niet van dronkenschap, kanker, ongelukken met dodelijke afloop of van alweer een gat in mijn hoofd, dat niet.

Ik hou er werkelijk zeer veel van om veel van iemand te houden en ik hou ook van de verschillen tussen die liefdes en om erover na te denken hoe het zit met die liefde voor net die ene, voor een stel anderen, voor familie, vrienden, voor voorbijgangers en blijvers, voor eten en drinken, voor kennis en voor het schrijven en ik hou ervan om in de voortdurende verwachting te leven dat ik ooit het raadsel kan oplossen waarom ik soms niet hou van alles waarvan ik hou.'

Het komt erop neer dat ik haar nooit verteld heb van die eerste keer dat ik mijn weg zocht in het erfelijk materiaal. Algauw deed ik niet anders. Het was iets in een gesprek of een opdracht van haar wat voor mij de aanleiding vormde in een van de zwarte mappen of in haar bibliotheek op zoek te gaan naar een beschrijving van het onderwerp waarover we spraken. Ik las en ik onthield dat het er was.

'Zonder geheugen geen schrijver,' zei ze.

Zij deed mij versteld staan van het hare. Ze wist precies in welk boek een schrijver aandacht besteedt aan een onderwerp dat haar op dat moment bezighield.

'Morgen moet je even het dagboek van Gombrowicz destilleren,' zei ze dan, 'ik moet met hem van gedachten wisselen over de jeugd.' Of ze zei dat ze *Justine* nodig had van Durrell, omdat die volgens haar te veel op een van haar eigen personages ging lijken.

'Het is niet zo dat ik letterlijk weet wát er staat, ik weet alleen maar dát het er staat,' reageerde ze toen ik uiting gaf aan mijn bewondering voor het vermogen dit alles te onthouden. 'En iedereen heeft dat,' zei ze, 'jij ook. Iedereen leeft met zo'n geheugen, alleen weten de meesten niet meer waar ze al die wetenschap vandaan hebben. Daar gaat dat boek van ons ook over.'

Ik was haar secretaris, of haar geheimschrijver, zoals zij het zei. Het was mijn taak ervoor te zorgen dat haar herinneringen voor haar toegankelijk bleven.

De werkelijkheid had haar ingehaald, had ze destijds zonder een spoor van verdriet verteld. Het was altijd haar idee geweest de grote roman te laten beginnen bij de dood van een van de personages. Bij die dood erft de familie een bibliotheek. Al vrij snel blijkt het merendeel van de boeken volgestouwd te zijn met persoonlijke documenten, brieven, aanzetten tot romans, verwijzingen naar passages of naar een enkele zin en hoe die de aanzet vormden tot een idee of een al bestaande gedachte een nieuwe wending gaven. Tussen de bladen van weer andere boeken bevinden zich verwijzingen naar klappers, schriften en notitieboekjes, waarin de band tussen het boek en de, door het personage uitgewerkte thema's opgeslagen is en waarin de invloed van popsongs, films en televisieprogramma's wordt beschreven.

'Natuurlijk ben ik een megalomane trut die niets liever wilde dan in die bibliotheek een geschiedenis van de twintigste eeuw weerspiegelen,' schamperde ze, 'en als je me het nu zou vragen dan wil ik dat diep in mijn hart nog steeds. Let wel, ik zeg niet dé geschiedenis, maar één geschiedenis, ik ben niet gek.'

Ik vroeg haar (natuurlijk) wat voor een geschiedenis dat zou zijn.

Met een weids armgebaar wees ze op de boekenkast die beneden bij haar in de woonkamer stond.

'Van wat iemand in deze tijd kan weten,' zei ze, 'van wat er allemaal bij je kan binnendringen en wat je kan beïnvloeden. Het moet toch ergens vandaan komen. Je weet nog niet hoeveel lol ik erin heb om schaamteloos animistisch te doen,' vervolgde ze vertrouwelijk, 'en soms meen ik dat ik de boeken in mijn kast hoor knisperen, dat ik hoor hoe ze grootmoedig bij elkaar te rade gaan en daarover napraten. Dan wiebelt zo'n boek van levendigheid en schurkt zich vol genot dicht tegen een ander boek aan. Alle geesten slijpen zich scherp aan elkaar,' besloot ze.

'Niemand zingt zijn eigen lied, is dat het?'

'Nee,' zei ze vurig, 'dat is het niet, je zingt wel degelijk

je eigen lied. Het is net zo stom om het idee van originaliteit af te schaffen, als het is om God dood te verklaren.
Alsof dat allemaal zomaar gaat, zeg. Alleen omdat originaliteit niet meer hetzelfde betekent als een of twee eeuwen geleden en niks romantisch meer heeft, kun je het
nog niet afschaffen, dat is simplistisch en, wat zal ik zeggen, onvolwassen. Het leuke van groeien is dat je meer
complexiteit aankunt. Niks zo radicaal en beperkt als
een puber of een adolescent. Verschrikkelijk. Ik schaam
me half dood als ik terugdenk aan de boude meningen
die ik er in mijn onvolwassenheid op na hield, zo ex-
treem, zo dom eigenlijk. Radicaliteit is het onvermogen
om verandering aan te kunnen, om een begrip complexer te laten zijn. Licht betekent toch ook al lang niet
meer wat het voor de uitvinding van elektriciteit bete-
kende? Dat moet je kunnen hebben. Sterker nog, zoiets
moet je vreugdevol toejuichen. Complexiteit toelaten
in je leven heeft met tijd te maken, met de tijd waarin je
leeft, en met de tijd die je leeft. Met dat je ouder wordt
ontwikkel je je durf tot originaliteit en daarmee tot afzondering. Je hoeft niet te leven zoals iedereen. Als je
jong bent durf je niet alleen en bijzonder te zijn. Misschien kun je dat dan ook nog niet. Je moet nog meedoen, afkijken en nabootsen, uitproberen, erbij horen.
In je jeugd wil je nog geen moeilijk leven, dat komt later
pas, als je er tot je grote verschrikking een talent voor
blijkt te hebben en op een dag de huiveringwekkende en
opwindende ontdekking doet dat je voor het eerst zelf
iets gedacht hebt of zelf ergens iets van vindt, meestal
tegen de keer in.'
  'Maar denken de meeste mensen niet dat ze alles wat
ze denken zelf bedacht hebben?'
  'Ik vrees van wel, ja. Het is blijkbaar een beschermend
mechanisme van onze geest ons deze illusie te verschaffen, want als ik nu wel ergens achter gekomen ben, dan

is het dat zelfs de grootste zakkenwasser een God is in het diepst van zijn gedachten.'

'Terwijl jij natuurlijk graag zou zien dat een zakkenwasser van zichzelf weet dat hij een zakkenwasser is,' zei ik grijnzend.

'O ja,' zei ze vrolijk, 'I'm a sucker for reality.'

Ze sloeg zich op de knieën van de pret en we lachten onszelf slap en moe.

Voordat ze ging slapen kwam ze nog even terug op het boek. Ze zei dat het als idee voor een roman wel deugde, maar dat ze het een wrede, ja, een afschuwelijke werkelijkheid vond.

'Zo'n erfenis wil ik niemand aandoen,' zei ze.

Zonder dat zij mij ooit om discretie had verzocht, was ik tegenover anderen zwijgzaam over het leven met Lotte Inden. Vragen van vrienden naar hoe het er bij ons aan toeging irriteerden me en hun nieuwsgierigheid naar haar ervoer ik als onwelvoeglijk. De enige met wie ik over haar sprak was Margaretha Busset, een vriendin van mijn ouders, die ik vanaf mijn geboorte kende en over wie ik als jongen fantaseerde dat zij mijn echte moeder was. Ze was de enige in mijn omgeving die een joviale omgang had met mijn vader en die hem de waarheid durfde te vertellen. Ze kenden elkaar vanaf hun prille jeugd en hadden op dezelfde universiteit hun medicijnenstudie gedaan. Na hun specialisatie (Margaretha in de psychiatrie en mijn vader in de gynaecologie) nam mijn vader de praktijk van haar vader over en omdat zij alleen woonde en niet van plan was daar ooit verandering in te brengen, hadden mijn vader en moeder het woonhuis bij de praktijk betrokken en had zij een kleiner pand in dezelfde straat gekocht. In al die jaren was zij erin geslaagd zijn manoeuvres te ontwijken, waardoor het hem lukte met iedereen die geen patiënt van hem was, in conflict te raken. Als kind rilde ik van angst en ontzag wanneer zij hem berispend toesprak of met een robuust overwicht een einde maakte aan een meningsverschil door hem toe te bijten dat hij een vreselijke aansteller was en met een spottend 'Tot morgen dan maar weer, mispunt' ons huis te verlaten.

In mijn jeugd noch in mijn latere leven heb ik iemand met zo'n bekakte stem zulke grove taal horen uitslaan.

Margaretha ontfermde zich al vroeg over mij. De zwakke gezondheid van mijn moeder vormde voor mijn ouders de aanleiding een aantal keren per jaar langere of kortere reizen naar het buitenland te maken en gedurende die weken logeerde ik bij Margaretha. Alleen tijdens de zomer gingen we met zijn drieën naar ons buitenhuis in Zwitserland en ik herinner mij niet anders dan dat ik mij daar dodelijk verveelde en mij schaamde voor de onhandige manier waarop mijn moeder probeerde het mij naar mijn zin te maken. Ik had heimwee naar Margaretha.

'Ik ben niet geschikt als moeder,' zei ze tegen mij toen ik al ouder was, 'maar jouw moeder is dat nog minder. Jouw moeder heeft alleen maar oog voor je vader en ze is de hele dag met niks anders bezig dan hem te behagen. Ze denkt dat ze nog steeds zo verliefd op hem is als op de eerste dag van hun ontmoeting en je vader is een ijdele man, dus hij wil dat dolgraag geloven. Maar wat zij voor verliefdheid aanziet, is verkapte angst. Zoals bijna iedereen die ik ken is je moeder heimelijk bang voor je vader. Je hebt van die mensen die alleen maar van anderen houden als het slecht met ze gaat en je vader is er helaas een van. Je moeder kijkt dus wel uit om ooit te genezen van haar kwalen. En mocht je het je al afgevraagd hebben dan is het antwoord: nee. Nee, ik ben nooit verliefd geweest op je vader, want ik ben nooit een seconde bang voor hem geweest.'

Margaretha was de vrouw van wie ik de liefde voor het lezen erfde. Zij deelde het statige pand bij het park met haar boeken en van jongs af aan sprak ze met mij over de schrijvers die ze bewonderde alsof het haar vrienden waren. Het eerste boek dat ze mij te lezen gaf was *Alleen op de wereld* van Hector Malot. Twee dagen later had ik het uit en ging bij haar langs om het terug te brengen.

'Je hebt het boek netjes behandeld,' zei ze, terwijl ze het keurend en liefdevol van mij aanpakte, 'en ik had ook niet anders van jou verwacht.'

Ze legde het boek tussen ons op tafel, gebaarde dat ik tegenover haar moest gaan zitten en vroeg: 'En, wat heb je gelezen?'

Nog vol van Rémi, de oude Vitalis, het aapje dat sterft en het gelukkige einde, begon ik met het navertellen van het verhaal. Ze wachtte tot ik even op adem kwam.

'Dat bedoel ik niet, Max,' zei ze kalm. 'Ik ken het verhaal. Ik vroeg je niet wat er staat, ik vroeg jou wat jíj gelezen hebt.'

Alleen Margaretha kon dit zeggen op een manier die mij niet ineen deed krimpen van onzekerheid, vrees en schaamte. Dat is ook de reden waarom Margaretha de enige persoon was met wie ik het over het leven met Lotte Inden kon hebben. Margaretha was tevens de vrouw die mij op een dag kon vragen of ik verliefd was op Lotte Inden, zonder dat ik mij daardoor onmiddellijk beledigd voelde en dat idee, nog voordat ik bij mijzelf te rade ging of het waar was, als een belachelijke onmogelijkheid verwierp.

Het valt mij moeilijk het genot onder woorden te brengen van de avonden in het huis aan de gracht, avonden waarop er niet meer gebeurde dan dat zij sprak en ik luisterde. Of het nu zomer was of winter, altijd ontstak zij een haardvuur en ging zo dicht bij het vuur zitten dat haar gezicht rood gloeide als zij het naar mij toe wendde. Op de avonden dat het haardvuur niet brandde, stond de televisie aan. Zij heeft mij pas na jaren (twee) toegestaan samen met haar televisie te kijken.

'Televisiekijken is eenzaam en als het niet eenzaam is dan is het intiem,' had ze daarover gezegd.

Pas toen ik naast haar zat en wij samen keken, ontdekte ik dat er nauwelijks verschil bestond in de wijze waarop ze urenlang naar het vuur kon staren en in die waarop ze (eveneens urenlang) televisiekeek. In haar soms wat bizarre logica, was de televisie een goed alternatief van het vuur.

'Ik heb ongetwijfeld meer geleerd van het kijken naar het schitterende scherm, dan van dat staren in de vlammen,' zei ze, maar ze voegde eraan toe dat ze het laatste schaamteloos deed en dat ze zich soms over die uren televisiekijken schaamde. 'Die schaamte heb ik proberen te begrijpen,' zei ze, 'zie onder *televisie*, maar volgens mij is het begrip mislukt, want ik heb die schaamte nooit helemaal weg kunnen denken en dat was toch de bedoeling. Waarvoor zou je je anders de moeite getroosten ergens over na te denken, als het er niet toe leidt dat je leven aangenamer wordt?'

'Televisiekijken is eenzaam en als het niet eenzaam is dan is het intiem,' las ik 's nachts. 'Iemand met wie je samen naar de televisie kijkt is iemand van wie je moet houden, anders is het niet te doen. Dan ga je te veel praten en je aanstellen en net doen alsof je niet een deel van jezelf afgezonderd hebt. Samen kijken is intiem omdat je bij elkaar bent en elkaar toch die eenzaamheid en afzondering gunt, die afgedwaalde, wat verdoofde geest, waarvan je zeker weet dat die zich even niet met jou bezighoudt of, als hij dat wel doet, het daar in ieder geval niet over wil hebben. De televisie legt iedereen het zwijgen op.

Het is natuurlijk een illusie te denken dat je precies hetzelfde ziet als je naar hetzelfde kijkt. Je deelt de beelden, maar je deelt niet meer wat ze op gang brengen in je hoofd, dat hoogst individuele, dat denken is.

In mijn leven heb ik alleen met mijn familie en met TT urenlang televisie kunnen kijken zonder een spoor van schaamte. Van hem wist ik dat hij, net als ik, duizend gedachten had terwijl hij keek. Soms zapte hij langs de kanalen en dan deden we een spel: fictie of werkelijkheid? Het werd steeds moeilijker dat te onderscheiden. Van een Amerikaanse president kun je het inmiddels verwachten, maar zelfs paus Johannes Paulus II lijkt me bij tijd en wijle een volleerd acteur (uitwerken in: *twintigste eeuw*).

Ik heb me vaak afgevraagd waarom ik me schaam na een avond lang televisiekijken in mijn eentje.

Misschien gaf een goede vriend ongewild het antwoord toen hij verklaarde waarom hij zijn gezin zo graag om zich heen heeft: "Anders heb ik niemand om mij afzijdig van te houden."

Nu, op het einde van deze eeuw, krijgen we steeds meer van de werkelijkheid te zien en hebben we alle middelen om met elkaar in contact te komen en het heeft uiteindelijk als resultaat dat wij ons meer en meer van de werkelijkheid en van de anderen afzijdig kunnen houden. Het kan zijn dat dit een schande is, maar ik weet het niet zeker. Het heeft ook wel wat.'

Zonder te weten wat voor een effect de opmerking op haar had vroeg ik haar op een middag wat ze met TT ging doen. (TT was haar grote liefde, jurist en een bekend schrijver van misdaadromans, die een aantal jaren geleden plotseling overleden was.)

'Hoezo?' zei ze met zo'n onverhulde irritatie op haar gezicht dat ik ervan schrok.

Met lichte aarzeling zei ik dat ik het alleen maar vroeg omdat TT in zo veel stukken voorkwam en dat ik mij daardoor was gaan afvragen welke personages haar boek gingen bevolken, hoe ze ze ging voorstellen en beschrijven, dat soort dingen.

'Daar heb ik nog helemaal niet over nagedacht, dat zie ik wel, als ik begin,' beet ze me toe.

'Nou zeg, ik wist niet dat je daar boos om zou worden,' probeerde ik, omdat zo'n melige opmerking haar weleens aan het lachen maakte, maar het hielp niet en ze keek me aan met een norse blik.

'Voor mij is het TT,' zei ze zonder haar blik van mij af te wenden, 'voor jou is het nog altijd Mr. Tallicz.'

Ze boog zich weer over het boek waarin ze las en keek daar niet meer van op. Ik keerde terug naar mijn etage en sprak haar verder die dag niet meer. De volgende ochtend ging op een ongewoon vroeg uur de telefoon en ze verontschuldigde zich voor haar felle reactie.

'Haat je me al een beetje?' zei ze, nadat ze haar gedrag van een verklaring had voorzien.

In de loop van die week vertelde ik Margaretha over Lottes uitval naar aanleiding van mijn opmerking.

'Rouw,' mompelde Margaretha, 'dat is nou rouw. In haar persoonlijke mythologie – en let wel, jongeman, die houden we er allemaal op na – in haar persoonlijke mythologie staat de naam van haar man gelijk aan de naam van Die Ene, die jij niet mag uitspreken, maar de christenen weer wel. Hij is voor haar godgelijk geworden en die heiliging zit in de persoonlijke verhouding tot die naam. Op het moment dat jij haar koosnaam voor hem in de mond neemt, pleeg jij heiligschennis.'

'Maar ze schrijft zijn naam wel gewoon op,' zei ik om mijzelf te verdedigen.

'Zonder klinkers,' antwoordde Margaretha, 'zoals bij

JHWH. Ze moet veel van hem gehouden hebben. De naam is haar heilig. Net zomin als een gelovige een andere naam kan geven aan God, kan zij het over haar hart verkrijgen hem te vermommen achter een Harry, Hans of Henk.'

Daarop vroeg Margaretha welke verontschuldiging zij had aangevoerd.

'Een literaire,' antwoordde ik. 'Ze zei dat ze waarschijnlijk zo geïrriteerd reageerde, omdat ik haar met mijn vraag duidelijk maakte dat ze nog niet genoeg wist van haar boek. Zo wist ze bijvoorbeeld inderdaad niet hoe het met die personages zat. "Sommige boeken hebben geen personages nodig," zei ze, "althans, geen personages in de gebruikelijke zin, met blond of bruin haar of zo, met een leeftijd, een buikje, bolle borsten, een eigenaardig pasje of zelfs met ook maar het vermoeden van een zielenleven." '

'En verder?'

'Zie onder *personage*.'

'Ik mag dat kreng wel, geloof ik,' grinnikte Margaretha.

Op mijn voorstel reageerde ze aanvankelijk nogal kribbig.

'Ik wil juist opruimen, Max,' zei ze, 'ik wil er niet nog meer materiaal bij.'

Ik bezwoer haar dat ik de tapes alleen zou gebruiken, wanneer ik ze nodig had bij het schrijven en dat ik ze na gebruik zou vernietigen, dat ik er misschien eentje voor mijzelf zou houden, plaagde ik, maar echt niet meer dan een, om mij later mee te troosten ('met uw zoetgevooisde stemgeluid'), vlak voor het slapengaan.

'Je hebt zo'n goed geheugen, je kunt het toch zo wel onthouden,' probeerde ze half smekend. 'Schrijvers werken niet met cassetterecorders, tenminste niet dat ik weet. Wat dacht je, dat Eckermann achter Goethe aan hobbelde met een bandrecorder?'

'Die bestonden toen nog niet.'

'Kom op zeg, dat weet ik ook wel. Het is bij wijze van spreken. In een dialoog schrijf je eerder op wat er gezegd kan worden, dan wat er daadwerkelijk gezegd is.'

'Ja,' beaamde ik, 'maar ik heb niet het talent om jou te laten klinken zoals je klinkt. En u spreekt zoals u schrijft.' (Ik sprak haar alleen nog met u aan als grap, vanuit een gespeelde nederigheid.)

'Onzin,' zei ze ruw, 'dat is schijn en aan die schijn is hard gewerkt. De schijn van echtheid, dat is literaire vormgeving.'

Om haar laatste bewering kracht bij te zetten stemde ze er ten slotte mee in. Ze zei dat ik dan vanzelf wel zou ontdekken dat een uitgetikte tape nog niks te maken had met de dialoog of monoloog in een literair werk.

'Doe maar, als ik het rotding maar niet zie,' stelde ze als voorwaarde, 'want daardoor word ik me zo van mezelf gewaar en dat word ik al meer dan goed voor me is.'

In zekere zin kwam ik te laat met mijn idee (bovendien bleek zij achteraf gelijk te hebben en werkte het niet zoals ik zou willen). Het was de avond die voorafging aan mijn voorstel de gesprekken op te nemen, die zo sterk het verlangen in mij opgeroepen had er ieder woord van vast te leggen en te bewaren.

'Vanavond zal ik je eens vertellen wat een goed boek is,' begon ze. Daarna zweeg ze een tijd. 'Ik begin opnieuw. Vanavond zal ik proberen of ik je kan vertellen wat volgens mij een goede roman of een goede novelle is.' Ze zweeg weer en keek me op een bepaald moment met verbaasde ogen aan. 'Ik wist niet dat het zo moeilijk zou zijn,' zei ze verontschuldigend, 'want het is iets wat ik weet, maar nu lijkt het alsof dat weten zich verzet tegen de woorden. Een goed boek wordt bijeengehouden door iets wat er niet staat en datgene wat er niet staat, dat is het geheim van de schrijver. Misschien mag ik het niet uitspreken, misschien is dat het. Het is als bij vernuftig koken. Een gerecht smaakt lekker door een combinatie van ingrediënten die je niet meer ziet. En een kok zal zelden of nooit vertellen wat hij gebruikt heeft om het gerecht zo te laten smaken, ook al is hij er razend trots op en zou hij misschien wel graag hebben dat iemand proeft dat er een drievoudig getrokken runderbouillon verwerkt is in dat subtiel smakende sausje. Schrijvers zijn net zo weerbarstig als het hierom gaat, om het spreken over hun geheim. Eigenlijk zijn zij de laatsten die iets zinnigs over hun boek kunnen zeggen. Ze kunnen dat niet, niet omdat zij het niet zouden weten, integendeel, ze weten het beter dan wie dan ook, maar zij kunnen het niet uitspreken omdat het hun tegen de borst stuit, omdat het een geheim is en net zoals ieder geheim is het spreken erover omgeven door schaamte. Dat is wel iets merkwaardigs, want iedere exegeet mag het geheim ontdekken, mag die band blootleggen die, als het goed is, tussen elk afzonderlijk onderdeel van het boek bestaat, omdat die aangebracht is door de schrijver. Maar de schrijver geneert zich als hij het zelf moet zeggen. Misschien komt dat omdat je je eigen producten niet wilt aanprijzen. Dat moeten anderen doen. En die geheime leidraad, die de schrijver nodig heeft bij het maken van het boek, is wel een van de belangrijkste redenen waarom een boek goed wordt of niet.'

Ik zag dat ze er alles aan deed om de stroefheid die het onderwerp met zich meebracht, weg te praten, zich eroverheen te zetten. Om haar te helpen vroeg ik haar of dit hetzelfde was als die beroemde mus van W.F. Hermans, die in een roman niet van het dak kon vallen of het had een bedoeling.

'Weet je dat die uitspraak helemaal niet van Hermans is?' grinnikte ze opgelucht. 'Mattheus 10, het versnummer weet ik niet meer, zoek maar op.'

De bijbel was een van de boeken die ze in haar kast in het woonhuis bewaarde, een kast die ruimte bood aan een kleine tweeduizend boeken en waarin ze op nagenoeg iedere plank ingelijste portretten had geplaatst van familie, vrienden en van sommige schrijvers. Ik nam de bijbel (Willibrord-vertaling) van de plank en droeg hem voorzichtig naar de plek waar ik zat. Het boek puilde uit van de kaartjes die boven de rand uitstaken en ik was bang dat er eentje uit zou vallen. Bij Mattheus 10 zat ook een kaartje, dat ik nu pas herkende als een bidprent. Ik had de regel waarom het ging al snel gevonden.

'Lees voor,' zei Lotte, 'en dan moet je iets eerder beginnen, want dat is een fraai stuk.'

'Niets is bedekt of het zal onthuld, niets is verborgen of het zal bekend worden. Wat ik u zeg in het duister, spreekt dat uit in het licht, en wat ge u in het oor hoort fluisteren, verkondigt dat van de daken. Weest niet bevreesd voor hen die wel het lichaam kunnen doden maar niet de ziel; vreest veeleer Hem die én ziel én lichaam in het verderf kan storten in de hel. Verkoopt men niet twee mussen voor een stuiver? En toch zal buiten de wil van uw Vader niet één mus op de grond vallen.'

'Wel gevoel voor humor, die Hermans,' zei ze. 'Hij heeft zich mooi even de status van God aangemeten toen hij de bijbel citeerde en hij hoopte natuurlijk van ganser harte dat iedereen het als een citaat zou herkennen.'

Voordat ze verderging schonk ze onze glazen weer vol en stak haar zoveelste sigaret op.

'Het heeft wel te maken met die verdomde mus,' hervatte ze weifelend, 'al zul je ook eens gewoon iemand een deur moeten laten opendoen zonder dat het een liminale metafoor is en het meer te betekenen heeft dan dat je iemand doodeenvoudig die ellendige kamer binnen moet laten komen. Maar je mag niet te veel van dat soort zinnen hebben, want daar word je moedeloos van, of wat erger is, verveeld. Het geluk van het schrijven ligt besloten in de wetenschap dat je je bij iedere zin door iets laat leiden, door iets wat je niet opschrijft, maar wat wel jouw motief is om te kiezen voor de woorden die je opschrijft. Ieder boek bevat bij wijze van spreken een ongeschreven boek en de schrijver moet zijn ongeschreven boek door en door kennen, omdat het hem de grenzen aangeeft van het boek dat hij schrijft.' Ze keek me onderzoekend aan en vroeg me met iets wanhopigs in haar stem of ik snapte wat ze bedoelde.

'Ik krijg een beetje de pest aan mijzelf als ik zo praat,' zei ze zonder een antwoord af te wachten. 'Ik ga naar bed. Ik probeer het een andere keer wel weer, want het is belangrijk voor ons boek. Destilleer trouwens morgen even die passage bij Mattheus, daar kan ik iets mee.'

Voordat ik de deur uitging wilde ik nog iets geruststellends zeggen, iets waarmee ik uitdrukte dat ik onder de indruk was van wat ze gezegd had en dat ik, ondanks haar gevoel tekortgeschoten te zijn, begrepen had waarover het ging.

'Lotte,' vroeg ik toen ik al bij de deur stond, 'zou het kunnen zijn dat het ongeschreven boek eigenlijk altijd hetzelfde boek is?'

Ik kan niet ontkennen dat mijn hart zwol van trots toen ze me verbijsterd aankeek, uit haar stoel opsprong en mij omhelsde.

'Max, je bent een genie,' riep ze uitgelaten.

Het was vlak voordat ze klaar was met het laatste hoofdstuk van *Geheel de uwe*, toen ze mij rond het middaguur belde en vroeg of ik naar beneden wilde komen. Ze klonk paniekerig en ik haastte me om zo snel mogelijk bij haar te zijn. Ik trof haar aan met een uitdrukking van angst en verbijstering op haar gezicht. Ze zat op haar bureaustoel, in een onnatuurlijke, verkrampte houding.

'Het begint, geloof ik,' zei ze met een nerveuze lach. 'Mijn benen willen van mij af, zo voelt het. Ik durf er in ieder geval niet op te gaan staan, want ik vertrouw ze voor geen cent.'

'Heb je dan al geprobeerd op te staan?' vroeg ik.

'Nee,' zei ze, terwijl ze mij aankeek, 'dat durf ik juist niet. Het is alsof er pap in mijn benen zit en zij mij niet kunnen dragen.'

'Dan moeten we maar eens uitvinden of je wantrouwen terecht is,' zei ik zo luchtig mogelijk. In werkelijkheid was ik ontroerd door haar aanblik, omdat ze niet eerder een teken van angst vertoonde en het nu tot mij doordrong dat ze steeds verborgen had hoe bang ze was voor wat haar in de toekomst te wachten stond.

'Je bent net een jong veulen,' zei ik toen ze weer op haar benen stond.

'Was het nou echt of was het inbeelding?' vroeg ze met tranen in haar ogen en daarna vloekte ze en zei dat ze niet ook nog eens een godvergeten hypochonder wilde worden.

'Misschien is het al mijn postpartum-verdriet,' suggereerde ze aarzelend, 'dat heb ik altijd als ik afscheid moet nemen van een boek.'

Vanuit mijn etage heb ik toen haar lijfarts gebeld en hem het voorval uit de doeken gedaan.

'Het kan geen kwaad als je van de week met Lotte langskomt zodat we de maat kunnen opnemen voor een paar stokken,' zei hij met die typische kalmte van een arts, die ik zo goed kende van mijn vader en die ik nauwelijks verdroeg.

Het laatste wat ze wilde was als een halve kreupele te verschijnen op de presentatie van *Geheel de uwe,* had ze gezegd, want ze wilde niet dat de ontvangst van het boek beïnvloed zou worden door zoiets buitengaats als haar ziekte, dat critici zouden speculeren over de afsluiting van een oeuvre en zo meer en dat ieder interview zou uitlopen op een medische verhandeling en hoe dat nou voelt, de dreiging van de dood.

Sinds die eerste keer was het niet meer voorgekomen dat ze haar benen wantrouwde en bang was om te vallen. Inmiddels had ze wel een groter aantal vrienden ingelicht over wat haar te wachten stond, zodat ik mij op de avond van het feest stilzwijgend met hen verbonden voelde door onze gedeelde kennis en onze wat melancholieke vreugde over het verschijnen van haar boek. Ze liep energiek en opgewonden van de ene gast naar de andere en ze had die blik in haar ogen die ik intussen goed had leren kennen. Het was de blik van een verliefde vrouw, de blik van tevredenheid en geluk, die altijd in haar ogen verscheen als ze zich omgeven wist door de mensen van wie zij hield en die van haar hielden en over wie ze altijd zei dat ze blij was op hetzelfde tijdstip met hen op de wereld beland te zijn. Lang voordat ik ieder van haar vrienden persoonlijk ontmoette, in haar huis of op de feesten die we bezochten, had ze me uitgebreid over hen verteld, ze voor mij uitgetekend alsof het personages waren in een boek. Met een theatrale beweeglijkheid (waarvan zij zichzelf trouwens niet bewust leek) had ze nagebootst hoe ze liepen, hoe ze hun handen bewogen tijdens het spreken, deed ze hun stembuigingen na en herhaalde ze de voor hen typerende zinsuitdrukkingen en ze speelde dit met een aanstekelijk genot en, zonder haar kritisch vermogen te laten varen, met een overweldigende sympathie voor degene die ze afschilderde. Voor iemand die gewend is anderen alleen in negatieve bewoordingen beschreven te horen, was het wonderlijk het tegendeel mee te maken. Door haar beschrijvingen van haar vrienden werd ik in mijzelf een weemakend verlangen naar een groter vermogen tot liefde en vriendschap gewaar.

'Weet je wat het meest ontroerende is in de wereld?' had ze mij ooit gevraagd zonder een antwoord op haar vraag te verwachten. 'Goedheid.'

Geheel de uwe werd in de pers (zoals dat heet) gemengd ontvangen. Omdat ze op geen enkele krant een abonnement had, liep ik in de weken na het verschijnen van de roman iedere ochtend naar de kleine tabakswinkel om de hoek en kocht, behalve sigaretten voor haar, de kranten en tijdschriften waarvan wij vermoedden dat daarin een recensie verschenen was. Het was voor het eerst dat ik ook de ochtenden met haar deelde en daardoor pas tot de ontdekking kwam hoezeer ze het begin van de dag nodig had om zich voor te bereiden op het overige deel ervan.

'Ik ben zo vroeg op de dag nog niet klaar voor de mensen,' zei ze tijdens een van die eerste keren dat ik haar 's ochtends aantrof en zij zich wilde verontschuldigen voor haar zwijgzaamheid en ontoegankelijkheid. 'Zie onder *familie*,' mompelde ze terwijl ze de kranten van mij aannam, 'ik ben een kind van kluizenaars en clowns. In de ochtend ben ik een kluizenaar.' Ik heb toen aanstalten gemaakt mij terug te trekken op mijn etage en haar alleen te laten, maar ze hield me tegen en bood mij koffie aan en een ontbijt. Ze zei dat ze er toch aan moest wennen en dat ze het prettig vond met mij over de recensies te kunnen praten. Ze zei dat er niets zo treurig was dan in je eentje te moeten lezen over hoe je eigen boek het daarbuiten doet.

'Het is dan net alsof je als verse weduwe voor het eerst

in je verschrikkelijke eenzaamheid het rapport leest van je kind en je niemand hebt om tegen te zeggen dat het natuurlijk jammer is van die onvoldoende voor rekenen, maar dat die kleine opdonder toch weer mooi een negenenhalf voor taal in de wacht heeft gesleept en dat hij die talenknobbel echt van geen vreemde heeft.'

Lotte Inden heeft me vaak verbaasd en dat deed ze nu weer. Tegenover haar gezeten aan de grote, houten tafel in de keuken las ik met groeiende verontwaardiging een aantal van de recensies en iedere negatieve opmerking over die roman stak me alsof ik het boek zelf geschreven had. Ik ben niet iemand die uitbundig of direct is in zijn reacties, maar bij het lezen van de kranten en tijdschriften zat ik soms te knarsetanden van ergernis en kon ik het niet nalaten om, nog voordat ik de laatste regels van een stuk gelezen had, op te merken dat het een kutstuk was en dat mijnheer of mevrouw huppeldepup er geen bal van begrepen had.

'Lees voor,' zei Lotte dan kalm en het gebeurde niet zelden dat een passage die bij mij woede en verontwaardiging opriep, aan haar een klaterende lach ontlokte.

'Interessant,' zei ze dan als ze ophield met lachen, 'dit is leuk om over na te denken.'

Ik heb nooit een reden gehad om opmerkingen of gedrag van Lotte in twijfel te trekken wat hun oprechtheid betreft. Ze had zelf over de rampen in haar leven gezegd dat er niks goeds uit voortkwam, dat een ramp was wat het was, een regelrechte ramp, punt. Zij had een karakter dat zich onmiddellijk aanpaste, zei ze, dat zich als een slang rond de ramp slingerde en daarnaar ging staan en dat het vervolgens zaak was te wennen aan haar nieuwe vorm, aan haar veranderde kronkels en dat het wennen wel even duurde.

'Je hebt van die akelig positieve mensen,' had ze gezegd, 'van die Etty Hillesum-achtige types die je achter het prikkeldraad kunt sperren, die je kunt slaan, vernederen, door de drek mag sleuren, kunt laten verhongeren en die dan nog jubelend van het geloof in de mensheid en in de zaligheid van het eigen lot creperen, maar zo ben ik niet. Ik verdom het mijn rampen te zegenen. Ik treur erom, dagelijks. En ik bekijk vol argwaan mijn nieuwe vormen, waarmee ik niet per se blij ben en waarmee ik ook niet ongelukkig ben, ik moet eraan wennen, dat is alles. Ik moet eraan wennen dat ik nog zuiniger word met mijn tijd en dat ik daardoor bijvoorbeeld geen tijd meer neem voor kennissen. In ieder normaal leven horen kennissen thuis, in het mijne niet meer. Waaraan ik ook moet wennen is dat ik geen tijd meer heb om te liegen. Ieder mens liegt om de acht minuten, dat stond in de krant, echt waar, het was een onderzoek van een Amerikaanse universiteit, maar de rampzalige doet dat niet meer, die ontbreekt het aan voldoende toekomst die door de leugen veiliggesteld moet worden. Kortom, je wordt er geen aardiger of beter mens door, je wordt ook niet slechter, dat niet, maar wat hoekiger misschien. Mensen liegen, bedriegen, zwoegen zich met opgeschroefde vrolijkheid, gespeelde aardigheden en hypocriete beleefdheden door dit leven en zo hoort het ook, dat is menselijk. Het is helemaal niet aangenaam als je je van heel dat grimassentheater ontslagen acht. Ik zou het liefst meedoen met het liegen en bedriegen, maar de leugens en het bedrog hebben voor mij hun nut verloren, helaas.'

Door haar reactie op de ontvangst van haar boek moest ik denken aan deze opmerkingen en ik vroeg mij af of zij zo stoïcijns was vanwege die nieuwe kronkels in haar aard. Misschien verlangde ik naar een grotere nabijheid van Lotte, naar een gedeelde verontwaardiging, een gelijkgestemdheid tegenover een buitenwereld die minder van het boek wist dan wij met zijn tweeën, of misschien wilde ik alvast dat 'wij' proeven dat in het vooruitzicht lag, nu we samen aan de grote roman gingen beginnen, in ieder geval riep haar vrolijkheid eerder woede dan bewondering bij mij op en op een ochtend had ik, zonder te weten hoe kwaad ik op haar was, vol ergernis gezegd dat ik niet kon geloven dat het haar niks deed, zo'n stekelige opmerking van een criticus, en dat ze iemand als Etty Hillesum dan wel mocht afkraken, maar dat ze die onthechting, die haar blijkbaar zo tegenstond, nu zelf rijkelijk tentoonspreidde en dat ik dacht dat het door haar ziekte kwam, dat het haar eigenlijk geen zier meer kon schelen wat anderen van haar en van haar werk vonden.

Ze had me aanvankelijk verbaasd en daarna vol belangstelling aangekeken.

'Goh, Max,' zei ze met een brede glimlach en met iets van bewondering in haar stem, 'ik wist niet dat je zo woedend kon zijn.'

Het gebeurde heel snel en voordat ik het in de gaten had was haar gezicht opeens veranderd en had die superieure glimlach plaatsgemaakt voor een verdriet dat wel diepe groeven had achtergelaten in haar gezicht, maar dat ik nooit eerder het spoor had zien trekken. Haar verdriet en de tekens ervan vielen volkomen samen en ik voelde een diepe spijt over wat ik tegen haar gezegd had. Ze zag het, schudde haar hoofd en maakte met beide handen een afwerend gebaar, waarmee ze mij gerust wilde stellen en waarmee ze tijd vroeg om op adem te komen.

'Het spijt me,' zei ik zodra ik zag dat ze bedaard was.

'Nee,' zei ze, 'dat is niet nodig. Het raakt me wat je zegt of eerder wat je niet zegt. Het moet moeilijk zijn om met mij om te gaan, voor jou vooral. Je zegt toch ook dat het mij niet kan schelen wat jíj van mij vindt, maar

dat kan mij heel veel schelen. Ik heb het niet kunnen af-
kopen. Het ontroert me meer dan ik je zeggen kan dat er
nog iemand is die, hoe zal ik het zeggen, naar mijn liefde verlangt of zo?'

Om haar halve vraag te beantwoorden maakte ik aanstalten op te staan en haar te omhelzen, maar ze gebaarde dat ik moest blijven zitten.

'Dat kan ik nu niet hebben, Max,' zei ze zacht, 'de kluizenaar is onaanraakbaar.'

Voor mij op het scherm stonden de eerste zinnen van Samuel Beckett, die ze uit *Molloy* destilleerde in augustus
1983, maar het drong nauwelijks tot me door wat ze be-
tekenden. Ik zag steeds het gezicht van Lotte voor me,
hoe het verdriet daarin zo onverwacht kon uitbreken en
ik was onrustig, omdat ik ernaar verlangde bij haar te
zijn en iets voor haar te betekenen.

'Ik snak naar Beckett,' had ze gezegd voordat ik haar
die ochtend achterliet in de keuken, 'er is niemand die
me zo kan laten lachen met de misère.'

Over Beckett had ze gezegd dat ze veel van hem geleerd had, al vond ze het moeilijk te omschrijven wat het
nu precies was wat ze van hem leerde.

'Er is iets eigenaardigs aan de hand met een bepaald
soort boeken,' herinner ik me dat ze zei. 'Ik begin eraan
en ze kosten me moeite en terwijl ik ze lees weet ik al dat
ik dit maar één keer in mijn leven zal doen, dat ik dit
boek, dat ik zin voor zin moet veroveren en dat mij een
groot geluk geeft, nooit in zijn geheel zal herlezen. Musils *Mann ohne Eigenschaften* is zo'n boek en ik heb het ook
met nagenoeg al het proza van Beckett. Het zijn van die
boeken die voor mij hun schoonheid waarschijnlijk niet
ontlenen aan hun geheel, maar aan de afzonderlijke
zinnen. Ik wil ze nooit kwijt, ze moeten om me heen
blijven, al heb ik praktisch al die zinnen eruit gehaald

die voor mij van betekenis waren op het moment dat ik ze las en heb ik het boek eigenlijk niet meer nodig om ze te kunnen herlezen en iedere keer opnieuw onder de indruk te raken van hun humor, hun scherpte, hun stem en van het verstand waaraan ze ontsproten zijn. Ik hou van iemand die kan schrijven: "Het spijt me dat deze laatste zin niet beter gelukt is. Wie weet verdiende hij het zonder dubbelzinnigheid te zijn," of die over zichzelf verzucht dat hij nog veel te wensen overlaat en over de liefde dat men zo vaak bemint als nodig is, als nodig is om gelukkig te zijn.'

Omdat het de enige manier was bij te kunnen dragen in haar troost, had ik niet alleen *Molloy*, maar alles wat ik bij haar van Beckett aantrof opgezocht, overgetikt en uitgeprint. Met een keurig mapje Beckett betrad ik in de namiddag haar huiskamer. Ze had een interview en een fotosessie achter de rug en ze wilde met mij in de stad gaan eten. Ze begroette me uitbundig en ze maakte een opgewekte indruk. Ik betrapte me op een gevoel van teleurstelling, omdat er van de tere ochtendstemming niks meer over was en het er zelfs naar uitzag dat ze zonder de troost van Becketts zinnen kon.

'Je hebt goede en slechte fotografen, Max,' begon ze druk, 'en ik ken gelukkig meer goede dan slechte. Over de goeden valt veel te vertellen en over de slechten weinig. Een slechte fotograaf is een kleptomane mts'er die het huis uitsluipt met jouw beeltenis en dan tegen zijn vriendin neerbuigende opmerkingen maakt over het interieur van jouw woonkamer. Die jongen die net hier was, dat was dus zo'n slechte.'

'Wat maakt jou dan zo vrolijk?' vroeg ik met meer wrevel in mijn stem dan mijn bedoeling was.

'Omdat ik het net pas begreep, toen ik hem uitliet, waar het hem in zit dat je je soms bestolen voelt als een fotograaf is langs geweest en waarom je soms iets van hem of haar teruggekregen hebt.'

'Gefeliciteerd met het inzicht dan,' morde ik tegen mijn zin voort.

'Wat is er met jou aan de hand?'

'Ik weet het niet,' zei ik, 'maar vanmorgen was je zo dichtbij, zo kwetsbaar.'

'Wil je dat woord nooit, maar dan ook nooit meer gebruiken in mijn bijzijn!' riep ze uit zonder echt boos te zijn. 'Ik vind niks zo stuitend als "kwetsbaar" genoemd te worden. Het is een zeikwoord en het wordt altijd op de verkeerde momenten, door de verkeerde types gebruikt en het valt me bar van je tegen dat je blijkbaar geen sensor hebt gehad voor de walgelijke onechtheid ervan. Alsof je kwetsbaarder bent wanneer je huilt dan wanneer je dat niet doet, het idee.'

'Val ik je echt tegen?' vroeg ik gespeeld klagerig.

'Zoals gezegd.'

'Maar ik kan er helemaal niet tegen om tegen te vallen.'

Daar moest ze gelukkig om lachen en ze zei dat natuurlijk niemand er echt tegen kon om tegen te vallen, maar dat het soms nodig was om iets over jezelf te leren.

'Ik val jou nu toch ook tegen,' pareerde ze lacherig.

Ze was inmiddels naar de keuken gelopen en ze kwam terug met twee glazen campari met ijs. Net toen ze de glazen voor ons neerzette ging de bel. Even later kwam ze binnen met Axel Landauer, een van de oudste vrienden van haar en wijlen haar man en, evenals Mr. Tallicz, een schrijver van misdaadromans. Met de armen om elkaar heen geslagen kwamen ze de huiskamer binnen en ik hoorde hoe Lotte hem uitnodigde met ons mee te gaan naar het restaurant.

Hoezeer ik ook mijn best deed en hoezeer ik ook genoot van het gezelschap van de bourgondische, welbespraakte en charmante Landauer, ik kwam die avond niet meer in de juiste stemming en behield een zeurderig gevoel van ontevredenheid. Toen ik ze rond twaalven achterliet bij het brandende vuur en terugging naar mijn etage, lag ik nog uren wakker en wachtte op het dichtslaan van de deur van haar appartement. Het geluid bleef uit en ik voelde me op een verwarrende manier verlaten.

In het restaurant was zij teruggekomen op die ochtend. Ze zei tegen Axel dat ik haar reactie op de kritieken wantrouwde en dat ik weigerde te geloven dat zij lak had aan de minder enthousiaste recensies of aan de regelrechte aanvallen op haar persoon.

'Nou, ik begrijp Max wel, ik vind het ook moeilijk dat te geloven,' was Axel mij bijgevallen, 'maar ik moet langzamerhand wel, want ik heb jou in al die jaren niet anders meegemaakt dan onaangedaan en zelfs geamuseerd. Het is onbegrijpelijk hoe je het 'm lapt. Ik ben dagenlang volkomen van streek door een slechte recensie, ik durf van pure schaamte de straat niet op en sla mijn ogen neer bij het zien van familie, geliefden, kennissen en vrienden. Nog maanden daarna mijd ik boekwinkels en andere openbare gelegenheden waar de kans bestaat dat er lezers van tijdschriften en kranten rondlopen. In mijn fantasie zie ik mijzelf de desbetreffende criticus alle gruwelijke kwellingen, die ik in het afgekraakte werkje met alle bloederige details van dien beschreven heb, zonder scrupules aandoen. Ik snijd, hak, fileer en martel dat het een aard heeft en daarbij grijns ik van genot, terwijl ik intussen de gewraakte zinnen luidkeels herhaal en herhaal, want je begrijpt wel dat ik iedere slechte recensie woord voor woord uit mijn hoofd kan opzeggen en dat ik mij, van jaren her, de naam herinner van iedere vlerk die het ooit waagde een negatieve kritiek over mijn werk te schrijven of anderszins te uiten.'

Hij richtte zich tot mij en zei dat hij, hoe moeilijk hij het ook vond, moest beamen dat Lotte een volkomen andere verhouding had tot de buitenwereld en dat hij haar nota bene moest herinneren aan wie, wanneer en hoe op haar gekankerd had.

'Dan gingen we weleens samen naar een receptie en dan zag ik haar verdomme in gesprek met zo'n druiloor die haar nog geen week daarvoor had afgezeken in een of andere dorre krant. Vraag ik haar: "Weet je dan niet dat deze klier die rotrecensie over jou schreef waarin dat en dat stond?" en dan wist ze wel waarover ik het had, maar dan was zijzelf weer vergeten wat er stond, laat staan dat ze de naam van zo'n eikel onthouden had.'

Aan Lotte zag ik hoe ze van Landauers verontwaardiging genoot en dat ze tegelijkertijd nadacht over wat ze wilde zeggen.

'Het heeft met autonomie te maken,' zei ze nadat Axel Landauer nog enkele staaltjes van haar onaangedaanheid had verteld. 'Ik laat me op twee gebieden door niemand anders de wet voorschrijven: niet op het gebied van wat goed en slecht is in de liefde en niet op het gebied van wat goed en slecht is in mijn werk. Dat maak ik zelf uit.'

'En al die kritiek op je persoon dan?' vroeg Landauer. 'Laatst werd ik nog uitgemaakt voor een narcistische, ijdele, opgeblazen bourgeois, die alleen maar de rapporten uit zijn forensische onderzoekspraktijk hoeft over te schrijven om weer met een nieuw boek op de markt te komen en die doet aan heimelijke zelfverheffing door zijn voortreffelijke doch enigszins gedrongen hoofdpersoon als twee druppels water op mijzelf te doen gelijken.'

'Een persoon mag je beoordelen op zijn daden en ik acht alleen de mensen die met mij omgaan geschikt om dat oordeel te vellen,' zei Lotte met haar gebruikelijke stelligheid. 'En ik begrijp echt niet dat jij je iets aantrekt van een opmerking waarvan je zelf weet dat die pertinent onwaar is en die waarschijnlijk gemaakt wordt door een talentloze onbenul met het verstand van een mossel en het dociele taalgebruik van een brugklasser, die weliswaar iets kan opschrijven, maar die niet kan schrijven. Het woord narcisme kan ik niet meer horen, dat is volkomen uit zijn voegen geslagen door een stelletje pseudo-psychologen die nog nooit een letter van Freud lazen, maar die wel allemaal half en half dat boek van Christopher Lasch achter hun kiezen hebben en deze aartsconservatief nabauwen als het hun zo uitkomt. Je bent geen opgeblazen, ijdele, narcistische bourgeois, schat, daarvan kan ik getuigen, je bent een bange, onzekere, verlegen man met een groot talent en een diep inzicht in de zielen van misdadigers en lastige vrouwen. Je hebt helemaal geen zelfverheffing nodig, want om verheven te worden, daar heb je anderen voor, mij bijvoorbeeld.'

Axel boog zich over de tafel, nam haar hoofd tussen zijn handen en drukte vol toewijding een kus op haar voorhoofd.

'Zorg alsjeblieft goed voor haar, Max,' zei hij tegen mij, 'want ik weet me geen raad zonder deze scherpe tong.'

In de vroege ochtend hoorde ik de deur van haar appartement dichtslaan. Ik had me voorgenomen die dag een bezoek te brengen aan Margaretha Busset en op zoek naar een gevoel van verlichting voor mijn zwaarmoedige stemming las ik Lottes stuk over familie.

'Ik ben een kind van kluizenaars en clowns.

Dat is natuurlijk overdreven, maar soms moet je overdrijven om iets te kunnen begrijpen. Volgens mij heeft

Newton ook ooit bij zichzelf gedacht dat hij het eens even lekker moest overdrijven en dat hij zich toen probeerde voor te stellen of een appel omhoog kan vallen en dat hij, toen hij merkte hoe ondenkbaar dat was, begreep dat er iets in die aarde lag te rukken en te trekken aan de dingen en aan de mensen, zodat alles altijd alleen maar naar beneden kan vallen.

Ik ben een kind van kluizenaars en clowns.

Zowel de familie van mijn vaderskant als die van mijn moederskant woonde in een boerderij aan de rand van een dorp en mijn beide grootmoeders hadden ieder twaalf kinderen gebaard. Twaalf vond ik normaal.

Mijn vader was er een van zeven broers en mijn moeder was er een van zeven zussen en in dat rijtje waren zij op hun beurt de uitzonderingen. Te midden van de kluizenaars kwam mijn vader ter wereld met een ziel die naar de mensen getrokken wordt en te midden van de clowns kwam mijn moeder ter wereld met een ziel die verlangde naar de afzondering van de boeken.

In de eerste helft van deze eeuw werden verlangens nog geboycot door het lot. Het was het lot van mijn vader om het meedogende hart van zijn moeder te erven en het was het lot van mijn moeder om de oudste te zijn van zeven zussen. Daardoor bleef mijn vader met zijn hart bij de kluizenaars en werd mijn moeder uit de schoolbanken en de boeken verdreven om de rechterhand te worden van haar eigen moeder.

De verzuchting van de ouders in de tweede helft van deze eeuw, die uiting van verbazing dat alles zo snel veranderd is, dat is de verbijstering over de toegenomen ruimte van het verlangen en de ogenschijnlijke verzwakking van de machtige greep van het lot. Wat aan verlangen gewonnen is, werd veroverd op het gebied van het lot. Geen afkomst en geen afstand veroordeelden de kinderen van onze ouders te blijven waar ze waren en lichaam noch geslacht veroordeelden hen tot een voorgeschreven leven.

Ik heb het vaak pijnlijk gevonden alles te krijgen wat zij begeerd hadden en niet kregen. En ik heb ze met die zoetzure mengeling van dankbaarheid en medelijden bezien en ik zag dat ze zwoegden onder de zon om voor hun kinderen de macht van een lot te beteugelen, waardoor zijzelf nog op een plek waren beland waar ze misschien niet eens wilden zijn.'

Onder aan de tekst had ze een krabbel gezet. Het kostte me aanvankelijk moeite die te ontcijferen, maar na enig puzzelen kon er niets anders staan dan 'onaf'. In een duidelijker handschrift had ze iets overgenomen uit een boek van Romano Guardini uit 1941. Ze had de titel van het boek onvermeld gelaten, maar wel de kop van het hoofdstuk overgenomen: 'Korte uitleg der geheimen'. Tussen haakjes had ze geschreven dat de passage over Maria ging en ze had er een uitroepteken bij gezet.

'Jezus is zoo de inhoud van dit vrouwenleven, als het kind de levensinhoud der moeder is, voor wie het alles ter wereld beteekent. Tegelijk is Hij echter ook haar Verlosser, en dat kan geen kind voor zijn moeder worden.'

Het was op die middag dat Margaretha mij vroeg of ik verliefd was op Lotte Inden.

Ik vertelde haar dat ik, voordat ik naar haar huis toe kwam, mijn heil gezocht had in een stuk waarvan ik tot dan toe alleen met grote regelmaat de beginregels hoorde, maar dat *familie* me niet gaf wat ik zocht, al kon ik onmogelijk de vraag formuleren waarop ik een antwoord probeerde te vinden.

'Het is iets in haar waardoor ze onbereikbaar blijft,' zei ik in de namiddag tegen Margaretha.

'Hoe dichtbij wil je haar dan hebben?' vroeg zij zonder merkbare verandering in haar gezicht.

Ik zei dat ik me daar geen voorstelling van maakte, dat het verlangen sterk was, maar dat ik er geen idee van had wat ik van haar begeerde.

Op Margaretha's volgende vraag kon ik zo snel geen antwoord bedenken. Het kwam domweg omdat ik mijzelf geen enkele keer had toegestaan dat woord in mijn hoofd te laten opkomen en in zekere zin was ik bang dat ik, zodra ik het woord ging gebruiken, het pas echt zou worden.

'Waarom zou je het jezelf verbieden?' vroeg Margaretha.

'Zij verbiedt het me,' zei ik en met dat ik die woorden uitsprak voelde ik een zacht en draaglijk verdriet om de waarheid ervan.

Ik heb die avond nog een bezoek gebracht aan Lotte. Rond elven stond ik voor de deur van ons huis en ik zag licht branden op de begane grond. Het gesprek met Margaretha had me de opluchting verschaft die meestal het gevolg is van het vinden van een woord of van het uitspreken van iets wat je tot dan toe niet wist of niet wilde weten. Een aantal opmerkingen van Margaretha klonk na in mijn hoofd, opmerkingen die troostrijk waren geweest.

'Zij heeft iets met zichzelf waar niemand bij komt,' had ze gezegd en dat dit niet aan mij lag, dat ze dit waarschijnlijk al haar hele leven had, dat ze dat nodig had om te kunnen leven zoals ze leefde, eenzaam en streng in haar afzondering en ongrijpbaar opgewekt in gezelschap. Hoewel ik wist dat Margaretha Lottes boeken gelezen had, was er iets in de manier waarop zij over haar sprak, waardoor ik haar op een bepaald moment vroeg hoe het kwam dat ze de indruk wekte Lotte persoonlijk te kennen.

'Kennen niet,' heeft ze toen gezegd, 'herkennen.'

Met een herwonnen gevoel van vertrouwen drukte ik driemaal kort op de bel, voor Lotte het signaal dat ik het was. Met mijn eigen sleutel opende ik de zware deur.

'Are you decent?' riep ik vanuit de hal.

'Dat ben ik toch nooit!' gilde ze terug vanuit de huiskamer.

Omringd door haar notitieboekjes zat ze met gekruiste benen voor de televisie en ze ging door met het maken van aantekeningen toen ik binnenkwam.

'Neem wat te drinken, Max. Ik heb vanavond naar een stinkend vervelende natuurfilm gekeken, over het baltsen van de paradijsvogels,' zei ze terwijl ze doorschreef, 'maar ik kreeg er heel pittige gedachten bij.'

We hebben toen nog een uur bij elkaar gezeten. Zij vroeg me hoe het bij Margaretha was en ik antwoordde dat het altijd prettig bij Margaretha was en dat zij de enige vrouw was bij wie ik terechtkon om uitgebreid over haar te klagen. Lotte geloofde maar half en half dat het een grap was en ze vroeg met een onzeker lachje of ik daar echt naar toe ging om over haar te klagen.

'O ja, natuurlijk,' zei ik laconiek, 'wat zou ik daar anders doen. Het leven met u is bepaald geen makkie. Maar een avond klagen over u eindigt steevast met Margaretha's suggestie dat ik dan wel erg dol op u moet zijn, dus ik kom geen stap verder.'

'Dat heb je ervan als je beste vriendin psychiater is,' zei ze bondig, maar ik zag dat ze licht bloosde. In haar stem had een nieuwsgierigheid doorgeklonken die mij plezier deed en die ik het liefst wilde laten voortduren. Ik vroeg haar wat ze opgestoken had van het baltsen van de paradijsvogels en ze begon, alsof zij toch opgelucht was om van onderwerp te kunnen veranderen, enthousiast te vertellen over wat ze die avond gezien had.

'Nou, die natuurfilm ging dus over vogels, ergens in de wouden van Borneo of zo, die kant op. Een of andere keurige Engelsman sluipt met een verrekijker door de bosjes, geen onkomisch gezicht, moet ik zeggen, want daar loopt natuurlijk een cameraploeg langs die hem dan af en toe filmt terwijl hij zich koest moet houden en doodstil, op zijn hurken, vanuit de bosjes naar die vogels zit te kijken. Maar daar gaat het allemaal niet om, het gaat mij om het verschil tussen de bonte vogel en de grauwe vogel. Die paradijsvogel is uitgerust met de meest kleurige verenpracht denkbaar, felgeel en rood en kobaltblauw, met pluimen, staarten, kuiven en allerhande friemels. En dan heb je de asgrauwe vogel, een onaanzienlijk diertje, zonder enige opsmuk, die nog het meest weg heeft van een doodgewone straatmus en dat is dan het grauwe prieelsluipertje of zoiets. Enfin, het gaat om de verleiding. De paradijsvogel heeft genoeg aan het pronken. Hij hoeft dat bonte verenkleed maar uit te spreiden, zijn knalgele of felrode borst te laten zwellen en naar voren te steken, een beetje heen en weer te wiebelen op een tak en dat is voldoende. Hoeps, daar komt een onopvallend vrouwelijk paradijsvogeltje aangevlogen en het is raak. Met de daad inbegrepen is het al met al binnen vijf minuten bekeken. Nee, dan het grauwe prieelsluipertje. Heel de tijd van zijn leven gaat zitten in het scheppen van een ingenieus bouwwerk. Twijgje voor twijgje wordt aangesleept om zoiets knaps en moois te maken, dat hij daardoor onweerstaanbaar wordt voor een vrouwtje. Het vrouwtje kiest voor hem omdat hij iets goed kan. Geen moeite is hem te veel om een architectonisch meesterwerk te maken dat doet denken aan een Chinese pagode. Aan de voorkant van zijn prieel ontwerpt hij vervolgens een aanlokkelijke tuin, hij verzamelt kleurige bloemen die hij op een allerliefst hoopje drapeert en hij stapelt zwartblauwe bessen op in een andere hoek van zijn domein en sleept ook nog eens zware eikels aan, die even verderop belanden.

Het eerste wat ik dacht was dat ieder dansen baltsen is, ook dat van de mensen. En het tweede wat ik me realiseerde toen ik keek, is dat het pronkerige paraderen van de mooie vogel geen enkele ontroering teweegbracht, terwijl het naarstig werken van het grauwe prieelsluipertje, dat het scheppen van een kunstig ding, dat wel deed. Kunst is een aandoenlijke balts, heb ik toen opgeschreven en verder nog iets over de tragiek van Marilyn Monroe.'

'Het komt me bekend van jou voor,' zei ik, 'het lijkt me een variant op wat ik jou wel vaker heb horen beweren, dat schrijven verleiden is, dat je niet trots kunt zijn op je lot, omdat het gratis is.'

'Ongetwijfeld,' antwoordde zij, 'zo veel nieuws valt er niet te bedenken, schat. Net als het grauwe prieelsluipertje bouw ik natuurlijk ook maar door aan wat ik al weet en wat me bezighoudt. Het enige waarin iemand origineel kan zijn is in een onverwachte, eigen, persoonlijke combinatie van al bekende gegevens.'

Blijkbaar had ik met onvoldoende enthousiasme gereageerd. Ze had een kregelige trek rond haar mond toen ze haar handen spreidde en in de lucht hief.

'Maar dat is toch leuk, Max, om via het onderscheid tussen de balts van de bonte paradijsvogel en die van het grauwe prieelsluipertje weer iets toe te voegen aan een bouwwerk in je hoofd?'

Ik moest lachen om die vertwijfelde uitroep en ik zei tegen haar dat ze het nog eens moest vertellen, dat het mij ontgaan was welke nieuwe tak aan het prieel was toegevoegd.

'Ontroering,' zei ze met duidelijke tegenzin. 'Het drong tot me door dat natuurlijke schoonheid geen ontroering losmaakt en dat maakwerk wel ontroert. Dat is alles. En opeens zag ik die duizenden malen gefotografeerde Marilyn Monroe als een bonte paradijsvogel, die alleen maar haar verenkleed hoeft uit te spreiden om bewonderd te worden en te verleiden, zonder daarmee een emotie op te roepen of een, god weet wat, een menselijke, liefdevolle kijk op haar wezen teweeg te brengen. Het ontbreken van die blik heeft haar volgens mij zo ongelukkig gemaakt en uiteindelijk gedood. De blik van bewondering om natuurlijke schoonheid is een koude, koele blik. Iets waar je niets voor hebt hoeven te doen kan blijkbaar geen nieuwsgierigheid oproepen of je hart raken, dat wilde ik zeggen, geloof ik. Marilyn Monroe ging, zoals iedereen die publiek zoekt, naar buiten om liefgehad te worden en wat krijgt ze, de ontmenselijkte blik van de bewondering.'

'Jij bent een calvinist, jij vindt dat alles in dit leven verdiend moet worden.'

'Wat ben je kritisch vanavond, Petzler, heb ik je iets misdaan of zo? Ik ben geen calvinist, ik ben een fijne katholiek en dus opgevoed in een traditie waarin kleurig theater verstrengeld is met de diepste mysteries en andere hoge zaken. Als onze priester zijn felrode kleed spreidt, dan is dat niet om te pronken en bewonderd te worden om zijn schoonheid, maar dan gaat het wel nog altijd even om de menswording van God, de dienst van het Woord, de transsubstantiatie en al dat andere moois en onbegrijpelijks, ja. Maar ik dwaal af. Wat had je nou voor commentaar?'

'Ik zei dat jij vindt dat alles in dit leven verdiend moet worden.'

'Ja,' zei ze, 'dat vind ik ook.'

Twee kasten van de bibliotheek in de zolderruimte waren gevuld met biografieën en ik wist dat Lotte beneden in haar kast ook nog een stuk of vijftig biografieën had staan die ze, zoals ze zei, dichtbij zich wilde houden. Sommige van die boeken had ze dwars in haar kast geplaatst, zodat de portretten, te midden van de foto's van vrienden en van familieleden, net zo vertrouwelijk als de mensen die zij beminde, haar kamer inblikten. Zo werd ik in mijn doen en laten gevolgd door de scherpe blik van Samuel Beckett, waren het de ogen van Marguerite Duras die me altijd ontweken, leek Friedrich Nietzsche nooit tevreden te zijn over wat ik deed, probeerde Elvis Presley me met zijn schuine grijns iedere dag te verleiden hem toch vooral een aardige jongen te vinden en behield de wetende blik van Carry van Bruggen het geheim van haar dood voor zichzelf. Juist omdat ik wist dat Lotte hield van het lezen over andere levens, verbaasde het me dat zich in de biografische werken op zolder nauwelijks aantekeningen, brieven of door haar geschreven teksten bevonden. Het kwam door de opmerkingen over Marilyn Monroe, dat ik me afvroeg waarom dit zo was, en mijn vraag werd versterkt door het destilleren van de briefwisselingen die Flaubert met verschillenden van zijn tijdgenoten gevoerd had. Voor mij op het scherm stond een viertal passages uit de briefwisseling met Louise Colet die ik zojuist had overgetikt, passages die volgens Lottes aanwijzingen bij elkaar gezet moesten worden onder het lemma *originaliteit*.

'Wat de figuren uit de Oudheid zo mooi maakt, is dat ze origineel waren. Daar gaat het om, iets uit jezelf halen. Hoeveel studie moet je niet verrichten om je van de boeken los te maken! en hoeveel moet je er niet lezen! Je moet oceanen opdrinken en weer uitpissen.' (8 mei 1852)

'Ik vind al mijn wortels terug in het boek dat ik uit mijn hoofd kende voordat ik kon lezen, te weten *Don Quichotte*, en daar komt dan bovendien het wilde schuim van Normandische zeeën bij, de zwaarmoedigheid, de stinkende mist.' (19 juni 1852)

'Niemand is origineel in de strikte betekenis van het woord. Talent wordt evenals het leven door infusie overgedragen en wij moeten in een nobele omgeving verkeren, en onze behoeften aan gezelschap op de meesters richten.' (6 juni 1853)

'Het [lezen] is nuttiger dan schrijven, omdat wij nu eenmaal schrijven met wat anderen geschreven hebben, helaas!' (13 maart 1854)

Tijdens het overtikken waren mij regelmatig haar opmerkingen over originaliteit te binnen geschoten, hoe verontwaardigd zij de afschaffing van het begrip veroordeeld had, omdat zo'n radicale afschaffing volgens haar een teken was van het onvermogen een begrip complexer te laten worden. Daarna was ze nog vaak op het onderwerp teruggekomen, omdat het een van die belangrijke begrippen zou worden waarom het in de grote roman ging draaien, zonder dat ze per se genoemd hoefden te worden.

'Het is voldoende als jij en ik weten met welk skelet we het zaakje bij elkaar houden,' had ze gezegd en ook dat je alleen maar inzichten kon verwerven door verbanden te leggen.

'Hoe meer informatie en begrippen je met elkaar in verband kunt brengen, hoe groter de vereenvoudiging en hoe helderder het inzicht,' zei ze daarover en ze had eraan toegevoegd dat dit een wet uit de systematologie was. 'Maar wij bedrijven geen systematologie, we schrijven een boek. De roman onderscheidt zich van een wetenschappelijk onderzoek door inzicht te verschaffen in een persoonlijk leven, in de tijd, in de wereld. Toch komt ook zoiets als zelfinzicht volgens hetzelfde principe tot stand, door het leggen van zoveel mogelijk verbanden tussen je eigen en andermans ervaringen en de tijd waarin je leeft.'

Met de geruststellende overtuiging dat ik Lotte nergens zo tevreden mee kon stemmen als met een goede vraag, daalde ik in de namiddag de trappen af met het doel opheldering te krijgen over de leegte waarop ik stuitte in de biografieën.

Hoe hartelijk ik ook door hen ontvangen en begroet werd, ik herinner me hoe vervelend ik het vond binnen zo'n kort tijdsbestek Axel Landauer opnieuw bij haar aan te treffen.

Als enig kind heb ik zogezegd het rijk voor mij alleen gehad en ik geloof dat ik daardoor onbekwaam ben in iedere situatie die een beroep doet op het vereiste talent om de aandacht van anderen op jezelf te vestigen. Margaretha had mij er weleens op gewezen dat ik op de vlucht sloeg zodra ik de indruk kreeg dat ik voor mezelf moest opkomen. Juist omdat de aanwezigheid van Axel Landauer mij het onaangename gevoel van jaloezie bezorgde en ik het liefst rechtsomkeert had gemaakt om mij terug te trekken op mijn etage, wilde ik eens niet buigen voor dat gevoel en ik ging in op de uitnodiging hun gezelschap te delen. In de keuken schonk ik mijzelf een glas campari in en ik nam daarna plaats in een van de stoelen voor het vuur. Na mijn binnenkomst hadden Axel en Lotte de draad van hun gesprek weer opgepakt.

'We hebben het over seriemoordenaars, Max,' lichtte Axel me in, 'en al die tijd missen we daarbij de expertise van Mr. Tallicz.'

Zowel uit zijn boeken als uit Lottes verhalen wist ik dat Mr. Tallicz een kenner was van de psychologie van de seriemoordenaar. Bij zijn leven was hij een van de weinige Europeanen geweest die zijn medewerking verleende aan onderzoeken van een instituut in Amerika dat zich toelegde op de analyse van deze vorm van misdaad. Het was tevens een van de redenen dat hij en Lotte veelvuldig naar Amerika reisden, aangezien Mr. Tallicz regelmatig uitnodigingen ontving om te spreken op conferenties over gedragswetenschap en hij er zich bovendien op had toegelegd historische, filosofische en sociologische invalshoeken aan te reiken die zouden kunnen bijdragen aan de verklaring waarom de seriemoord in Europa minder voorkwam dan in Amerika.

'Wat me het meest is bijgebleven, is dat Tobias zei dat seriemoordenaars niet leren van hun ervaringen en dat het hun ontbreekt aan enig gevoel van medelijden,' zei Lotte.

'Geldt dat laatste niet voor iedere moordenaar?' vroeg ik.

'O nee,' zei Axel, 'er zijn ongetwijfeld heel wat moorden gepleegd uit medelijden.'

'Uit zelfmedelijden dan,' zei Lotte snibbig, 'het meest gevaarlijke gevoel dat er bestaat.'

'Je bent te streng,' reageerde Axel kalm, 'het kan heel heilzaam zijn zo nu en dan met jezelf te doen te hebben. Het heeft me in het begin van mijn volwassen leven jaren van therapie gekost om toegang te krijgen tot een moment waarop ik eindelijk medelijden had met het kind dat ik was, om in te zien dat het niet mijn schuld was dat ik de zoon was van een wrede vader en van een moeder die deed alsof ze van deze wreedheden niks wist, die haar kop in het zand stak en mij daardoor dubbel strafte door mij ook nog eens de tirannie van de ontkenning aan te doen. Een kind denkt dat het krijgt wat het verdient en het gevoel van zelfmedelijden is het resultaat van het inzicht dat deze wet nu juist voor kinderen niet opgaat. Geen enkel kind verdient het om mishandeld te worden.'

'Je hebt volkomen gelijk,' zei Lotte toeschietelijk, 'ik weet ook niet waarom ik zo'n hekel heb aan zoiets als zelfmedelijden.'

'Amor fati,' zei ik. 'Jij omhelst je lot, of het nou een goed of een slecht lot is.'

Lotte was even stil en keek me peinzend aan.

'Dat is waar, schat,' zei ze met een floers van dankbaar-heid in haar stem.

Aan Axel Landauers reactie merkte ik voor het eerst dat ik met hem in een strijd verwikkeld was, dat hij mij op dat moment benijdde.

'Maar je hebt toch ongetwijfeld medelijden met jezelf gehad toen Tobias plotseling stierf?' vroeg hij.

'Nog geen seconde,' zei Lotte gemeend en haar ant-woord bezorgde me het trotse gevoel een zege behaald te hebben.

Tegen etenstijd werd vooral op Lottes verzoek besloten het openbare leven te mijden en, in plaats van een res-taurant te bezoeken, gebruik te maken van een van de vele bezorgdiensten die de stad rijk was.

'O, twintigste eeuw, waarin dit alles zomaar kan!' had ze uitgeroepen.

We kozen voor Indonesisch en ik deed een telefoni-sche bestelling vanuit de woonkamer, terwijl Axel en Lotte mij om de beurt de namen van allerlei gerechten toeriepen die niet aan ons maal mochten ontbreken. Het resultaat daarvan was dat ik na drie kwartier uit de handen van een gehelmde jongen vijf plastic zakken ge-vuld met wel twintig lauwwarme, aluminium bakjes geurig voedsel mocht overnemen en er even later op de tafel nauwelijks voldoende ruimte was om al de schalen en kommetjes kwijt te kunnen. Het meest verbijsteren-de was dat na twee uur tafelen alle schalen nagenoeg leeg waren, een wonder dat met name te danken was aan de ongebreidelde eetlust van Axel Landauer en aan zijn onvermogen om, zoals hij zelf zei, van het eten af te blij-ven zolang het op tafel stond.

'Haal deze heerlijkheden in godsnaam onder mijn ogen vandaan, Max,' smeekte hij toen er alleen nog een restje nasi, een ei, een stokje met blokjes geitenvlees en een halve makreel overgebleven waren.

Tijdens het eten had hij mij kort de inhoud van zijn nieuwe roman toegelicht om mij te verduidelijken waarom hij behoefte had aan een grotere kennis van de geest van de seriemoordenaar.

'Ik wil juist een moordenaar met een medelijdend hart ten tonele voeren,' had hij daarover gezegd, maar dat het hem aan voldoende kennis ontbrak over de psyche van een mens zonder medelijden. Het enige waarvan hij echt verstand had was van het onderzoeken van DNA-sporen, zei hij en dat, voor zover hij het wist, het al dan niet hebben van medelijden, nog niet op een gen teruggevonden was. Tijdens het gesprek had Lotte mij een aantal malen gevraagd een notitie te maken van de titels van een aantal boeken en publicaties over het onderwerp die haar tijdens het gesprek te binnen schoten, zodat ik deze straks uit de bibliotheek van Mr. Tallicz kon halen en ze kon schenken aan Axel. Ze had ook verteld over de keer dat ze met Mr. Tallicz een vakantiereis door Amerika maakte op het moment dat het hele land in de ban was van de zojuist gearresteerde seriemoordenaar Jeffrey Dahmer.

'De verhalen van Tobias deden me altijd al huiveren,' had ze verteld, 'maar ik ben pas echt bang geworden sinds ik Jeffrey Dahmer zag op het CNN-nieuws. Je bekijkt moordenaars en slechte mensen toch altijd met het verlangen dat je de kwaadaardigheid van hun gezichten kunt aflezen, dat er iets is in hun fysionomie, in de trekken rond hun mond en vooral iets in hun ogen, wat het geheim van zo veel slechtheid verraadt. Daar hoop je op. Dat verlang je, omdat je het rechtvaardig zou vinden van het leven en omdat het je aangetaste en zo vaak beproefde gevoel van veiligheid moet herstellen. Maar daar zitten we in zo'n hotel, ergens in de buurt van San Francisco, en dan zie ik plotseling die blonde jongen uit

Milwaukee op het scherm en mijn hart staat er bijkans stil van. Hij is in de boeien geslagen, zijn handen liggen op zijn rug. Iemand van de politie voert hem binnen, met zijn hand om de elleboog van die jongen. Jeffrey Dahmer is gekleed in een streepjesbloes met korte mouwen en hij heeft een stoppelbaardje van een dag of zo. Terwijl zo'n typisch Amerikaanse, vrouwelijke commentaarstem met die altijd onnatuurlijke onaangedaanheid verslag doet van zijn gruwelijke moorden, is het eerste wat door mij heen schiet dat het een broer van mij had kunnen zijn. Hij heeft die engelachtige, doorzichtige huid die sommige blonde en roodharige mensen hebben en waarmee onze Timmie gezegend is, hij heeft het postuur en de loop van mijn broer Michael en de warme, wat verlegen oogopslag van onze Just. Er is niets, maar dan ook werkelijk niets in zijn voorkomen wat hem op het eerste oog verraadt als een man die zeventien jongens meegelokt, vermoord, misbruikt, doorgesneden, gekookt en half opgegeten heeft. Ze vonden een vers afgehakt hoofd op het onderste schap van zijn koelkast, een voorraadje hoofden in een diepvrieskist en her en der slingerden nog wat afgekloven schedels, harten, handen en penissen rond in zijn appartement. En het was allemaal niet van zijn gezicht af te lezen. Dagenlang kocht ik iedere krant en tijdschrift waarin aandacht werd besteed aan de knappe, timide *serial killer* uit Milwaukee. Ik las de stukken allang niet meer, ik tuurde alleen met lichte paniek naar de foto's van die jongen. Ik probeerde mij er telkens van te overtuigen dat ik het toch zag, dat zijn blik bij nader inzien wel degelijk ontstellend leeg was en dat het trekje rond zijn mond geen verlegenheid verraadde, maar kille onverschilligheid.'

Ze vertelde dat de arrestatie van Jeffrey Dahmer plaatsvond enkele maanden nadat *The Silence of the Lambs* voor het eerst te zien was geweest in de bioscopen. We gaven alle drie te kennen genoten te hebben van die film en we haalden herinneringen op aan de prachtige rol van Anthony Hopkins als Hannibal the Cannibal. Door de slotscène van de film na te doen (hoe Hannibal the Cannibal na zijn ontsnapping via een openbare telefoon naar Clarice, Jodie Foster belt, vanuit zijn ooghoek zijn volgende slachtoffer, een oude bekende voor iedere kijker, ziet lopen en het gesprek beëindigt door te zeggen: 'I have to go, Clarice. I'm having an old friend for dinner') kreeg ik Lotte in die uitzinnige stemming die ik inmiddels goed van haar kende. Nadat ze de tranen van het lachen uit haar ogen geveegd had, bracht zij ons een scène in herinnering die Axel en mij niet meer woordelijk voor de geest stond, maar die voor Lotte zo cruciaal was dat ze hem ooit opgeschreven had en hem nu nagenoeg letterlijk kon citeren.

'Hannibal zit dan al in die grote, luxe kooi en het is de laatste keer dat Clarice hem persoonlijk kan spreken. Ze moet dit keer de informatie van hem krijgen waardoor ze die andere seriemoordenaar kan vinden. Hannibal is op zijn best. Hij is tergend traag. Hij geeft geen enkele informatie zonder er informatie over haar leven voor terug te krijgen. Zonder de naam van de moordenaar prijs te geven dwingt hij Clarice om na te denken, om logisch en helder te zijn, om te begrijpen wat ze al weet. Alles wat ze over hem moet weten, staat al geschreven, zegt hij tegen haar, het staat er allemaal, in de dossiers. Denk na, Clarice, wat doet deze man? Zij antwoordt hem dat deze man moordt. Ach, zegt Hannibal dan, dat is maar een bijkomstigheid. Welke behoefte bevredigt hij door te moorden? Zij geeft niet het goede antwoord, dus komt hij er zelf mee en dan zegt Hannibal: "Hij hunkert. In werkelijkheid hunkert hij ernaar te zijn wat jij bent. We gaan pas hunkeren naar wat we dagelijks zien."'

Lotte heeft ons glunderend aangekeken, alsof ze wilde zeggen dat het hier toch maar allemaal om draaide en ze zag blijkbaar aan onze blikken dat het ons ontging wat nu zo belangrijk was. Axel probeerde wat meer van haar los te krijgen door te zeggen dat het die andere seriemoordenaar toch om de huiden van die vrouwen ging.

'Hij heeft toch een gender-stoornis, nietwaar, en hij vilt vrouwen om een jurk te maken van vlees, om er als een vrouw uit te kunnen zien?' vroeg hij.

'Denk na, Axel, denk na,' zei Lotte met een Hannibal the Cannibal-achtige intonatie en traagheid. 'Leg verbanden, denk breder, interpreteer, abstraheer. Zo'n huid, dat is maar een bijkomstigheid. Wat zegt Hannibal? Hij zegt dat de moordenaar ernaar hunkert te zijn wát jij bent. Hij wil de ziel, de status, de verleidelijkheid en het vermeende geluk van de ander en in dit geval is de ander de vrouw. Niet een speciale vrouw, maar dé vrouw. Hij wil iets ontastbaars en hij vergist zich door naar het tastbare te grijpen.'

Lotte grinnikte met een korte hik.

'Wat is er?' vroeg ik. 'Waarom lach je?'

'Omdat ik weer zo heerlijk op eigen sap glijd,' antwoordde ze toen lachend, 'omdat ik mij steeds zo handig en sluw op de rug van mijn stokpaardjes weet te manoeuvreren.'

'Het grauwe prieelsluipertje,' zei ik in de vileine wetenschap dat Axel deze opmerking onmogelijk kon plaatsen.

'Jullie kennen toch dat boek van Maslow, waarin hij de hiërarchie van de behoeften uiteenzet?' ging Lotte door zonder acht te slaan op mijn zinspeling. 'Hij onderscheidt vier niveaus van de hunkering. Het laagste niveau is het verlangen naar voedsel om de honger te stillen. Als aan deze behoefte voldaan is ontstaat er

ruimte voor de tweede behoefte, die naar de geborgen-
heid van het huis. Zit je eenmaal hoog en droog dan ga je
verlangen naar liefde en heb je de liefde van die ene en
alles wat daarmee gepaard gaat, dan nestelt de hunkering zich op het hoogste en meest complexe niveau, dat
van de achting, het zelfrespect en de erkenning van de
anderen. Dit is het verlangen naar een publieke status.
Een van Tobias' Amerikaanse collega's, Colin Wilson,
heeft een aantal bekende boeken geschreven over seriemoordenaars en in een daarvan koppelt hij zijn verklaring van de toename van het verschijnsel sinds de jaren
vijftig van onze eeuw, aan het topniveau van deze hiërarchie, aan de honger naar erkenning. Tobias heeft
hierop voortbordurend een onderscheid aangebracht
tussen het sterrensysteem van de Nieuwe Wereld en de
theologie van de Oude Wereld en hij heeft beweerd dat
de seriemoord meer in Amerika voorkomt dan in Europa, omdat de moord in Amerika roem oplevert, omdat
de moordenaar zich een plaats tussen de sterren wil verwerven en wij in Europa, goddank, nog altijd eerder
zullen proberen heilig te worden dan beroemd of be-
rucht.'

Naar haar uiteenzetting had ik aandachtig geluisterd
en een aanvankelijk groeiende onrust genegeerd, maar
opeens was het me duidelijk waar die onrust vandaan
kwam: Lotte schreef Mr. Tallicz ideeën toe waarvan ik
nagenoeg zeker wist dat ze van haar stamden. Ze had ze
niet alleen voor een deel verwerkt in *Geheel de uwe*, maar
ik had haar verslag over het zien van *The Silence of the
Lambs* in ongeveer dezelfde bewoordingen, aangetrof-
fen in haar bibliotheek, in de vertaling van het boek
waarop de film gebaseerd was, *De schreeuw van het lam*,
van Thomas Harris. Ik was erop gestuit door een verwijzing in een van haar zwarte ringbanden, toen ik in haar
opdracht op zoek ging naar alles wat onder het lemma

geest en lichaam was ondergebracht. Achteraf bezien heb ik er spijt van dat ik mijn vermoeden die avond niet voor me gehouden heb, maar ik was waarschijnlijk geprikkeld door de onderhuidse strijd waarin ik mij met Axel Landauer meende te bevinden en wellicht wilde ik, in die vechterige stemming, nog een keer een overwinning behalen. Duidelijk in de ban van wat er allemaal gezegd was, had Axel intussen aan Lotte de vraag gesteld in welke publicatie hij deze analyse van Tobias terug kon vinden en zij had hem moeten teleurstellen door te zeggen dat het de laatste lezing was geweest die Mr. Tallicz gegeven had, op een congres in Virginia, en dat de lezing nooit gepubliceerd was.

'Dat idee over het verschil tussen de nieuwe sterrencultus en de oude heiligencultus,' zei ik toen, 'was dat nou van Mr. Tallicz of komt dat van jou?'

Ik was die namiddag naar beneden gegaan in de krachtige overtuiging dat ik een goede vraag aan haar te stellen had en deze avond eindigde ermee dat Lotte me op een, zelfs voor haar doen, ongewoon felle wijze toebeet dat dit een achterlijke vraag was.

'Wat wil je weten, of er een naamkaartje hangt aan zoiets als ideeën? Zo'n onderscheid ster en heilige is ongetwijfeld door honderden anderen gemaakt, dat is van mij noch van Tobias, dat heeft geen eerste eigenaar of zoiets, het is geen auto of een huis! En als je zo lang met iemand leeft als ik met Tobias, dan ga je het over hetzelfde hebben, dan help je elkaar om na te denken, om verder te komen met iets. En iets begrijpen doe je door zo'n ongelooflijk voor de hand liggende observatie in verband te brengen met iets wat misschien niet zo voor de hand ligt, zoiets als de seriemoord of god weet wat.'

Ze had het me allemaal op kwaaiige toon toegesnauwd en toen ze even op adem moest komen, leek ze zelf geschrokken van de toon die ze aangeslagen had.

'Sorry,' zei ze vermoeid. 'Het is al laat. Ik ben moe. Ik ga slapen.'

Ze heeft Axel en mij toen welterusten gekust en ze is, zonder verder iets te zeggen, naar haar slaapkamer gegaan.

De dokter had gezegd dat deze ziekte bij iedereen een ander verloop had, maar dat de pijn bij het merendeel van de patiënten in de heupen en benen begon. Bij Lotte was dat niet het geval. Het begon in haar schoudergewrichten, in haar armen en in de spieren van haar polsen en handen.

'Ze weet wel waar ze me het beste te grazen kan nemen,' zei ze op de dag dat ze mijn hulp inriep.

Het verbaasde me geenszins dat ze haar ziekte met een persoonlijk voornaamwoord aanduidde en, in de wetenschap van haar verregaand animisme, vroeg ik haar of zij ook een naam had.

'Nee,' zei ze, 'in mijn hoofd is het gewoon het lot, mijn lot, en mijn lot is vrouwelijk, dat spreekt.'

De pijn in haar handen had ze al enkele weken, zei ze, en toen ik verontwaardigd vroeg waarom ze mij dat niet eerder vertelde, zei ze een grondige hekel te hebben aan klagen en dat ze vreesde nog genoeg gezanik over lichamelijke kwalen in het vooruitzicht te hebben.

Ze werkte al enige tijd aan een essay waarover ze tot nu toe nauwelijks met mij van gedachten had gewisseld.

'Zolang ik het nog niet helder heb, valt het me moeilijk erover te spreken,' had ze gezegd. 'Ik weet bijvoorbeeld niet eens of het voor de grote roman is, ook al hoort het daarin thuis, of dat ik er iets anders mee ga doen.'

Nu ze mij nodig had bij het opschrijven van een tekst die ze me zou dicteren, moesten we voor het eerst samenwerken op een manier waarvan ze altijd had gezegd dat ze niet wist of ze dat kon.

'Ik ben het zo gewend schrijvend te denken, dat ik werkelijk geen idee heb of ik het ook pratend kan. Ik ben bang dat denken ook veel te maken heeft met woorden zien en als ik praat zie ik nu eenmaal geen woorden.'

'Je onderschat jezelf,' heb ik haar toen gerustgesteld, 'als je praat kan ik je soms zien denken.'

'Echt waar?'

'Ja,' zei ik, want het was echt waar.

Het was al voor de derde keer dat ze in de ochtend een kop uit haar handen had laten vallen, vertelde ze. Iedere keer weer had ze gewacht tot de zwakte en de pijn in haar armen en handen verminderden en als het zover was, veegde ze de scherven bijeen en dweilde de gemorste koffie op. Zo had ze ook al een aantal malen voor het scherm van de computer gezeten, wachtend tot de kracht in haar bovenlichaam terugkeerde, maar ze zei dat dit machteloze wachten haar meer tergde dan wat dan ook.

'Intussen ratelt mijn hoofd maar door,' zei ze, 'en ik heb de lichaamskracht niet om het handwerk te doen, om van de gedachten tastbare woorden en zinnen te maken. Als ik maar lang genoeg wacht gaat het wel weer, maar dan ben ik zo uitgeput van het ongeduld en de ergernis dat ik nog geen derde eruit krijg van wat er volgens mij in zat.'

'Hoe wil je dat we het doen?' heb ik haar gevraagd. 'Wil je een zwijgende secretaris die alleen opschrijft wat je zegt, of wil je dat ik met je praat over wat je tegen mij zegt?'

'Ik weet het niet, Max,' zei ze met diepe rimpels in haar voorhoofd van de spanning, 'ik weet het verdomme echt niet.'

Ze vroeg me toen wat ik me herinnerde van de gesprekken die ik met haar arts had gevoerd, of hij nog iets had gezegd over verbeterende omstandigheden als het eenmaal zover was, veel verse groenten en fruit of zo, of zilte zeelucht.

'Ik denk erover even naar Bretagne te rijden,' zei ze aarzelend, 'voor een week of tien dagen, eens kijken of het daar beter gaat.'

'Dan doen we dat toch,' zei ik, want ik kon het niet over mijn hart verkrijgen om te zeggen dat het niet beter zou gaan. 'Zodra het begint is er geen weg terug,' herinnerde ik me uit het gesprek met haar arts, 'die ziekte kan alleen maar vooruit, die kent geen andere richting.'

Nadat ze het besluit eenmaal genomen had begon ze zich te verheugen op de reis, op de afzondering en vooral op de lucht en het geluid van de oceaan. Aan de hand van haar aanwijzingen pakte ik drie kisten met boeken in, waarmee we het minstens twee weken zouden redden. Ze wilde door kunnen werken, had ze gezegd, en dat de voorbereidingen voor het maken van het boek geen enkel oponthoud verdroegen. De lijst die ze voor mij gemaakt had bevatte de titels van ongeveer veertig werken, die zij de dag voor ons vertrek trefzeker en snel aan mij dicteerde en die mij de opwindende sensatie gaf een verzameling onder ogen te krijgen waarvan ik de gemene deler niet kende. Het was alsof ik een geheim inlaadde, dat over twee weken ontraadseld zou zijn. In Lottes hoofd waren al deze boeken met elkaar verbonden door een logica die mij nog onbekend was, maar die ze mij zou onthullen, zodat ik zou gaan begrijpen hoe zij Carry van Bruggen kon verbinden met Jane Bowles, wat Andy Warhol en Truman Capote broederlijk bij elkaar in een kist bracht, wat Ludwig Wittgenstein bij Augustinus te zoeken had en hoe Kafka tussen wat deeltjes Freud kon belanden. Een van de kisten was bijna helemaal gevuld met woordenboeken, de drie delen *Van Dale*, Nederlandse en buitenlandse etymologische woordenboeken, de *Webster's Collegiate Dictionary*, het theologisch woordenboek van dr. H. Brink O.P., een oud exemplaar van Van Wageningen en Mullers *Latijnsch Woordenboek* en een Grieks-Nederlands woordenboek.

'Behalve dat ik wil weten waar de verhalen vandaan komen, wil ik ook altijd weten waar de woorden vandaan komen,' had ze gezegd en dat er niks zo prettig was als door de boeken van woord naar woord gejaagd te worden, omdat die soms alleen nog in hun wortels een familiaire verstrengeling verraadden.

Omdat zich op de lijst een aantal biografieën uit de kast in de huiskamer bevond, dacht ik terug aan de avond met Axel Landauer, aan de vraag waarmee ik die namiddag naar beneden was gegaan en die nu door het verzoek om de biografieën van Lenny Bruce, Malcolm Lowry, Jerzy Kosinski en Jane Bowles in te laden, overbodig geworden was. Ongewild kwam ook het beeld terug van het onaangename slot van de avond, waarover ik Lotte nooit om opheldering gevraagd had.

'Weet je nog, die avond met Axel, toen we Indonesisch aten?' vroeg ik, terwijl ik in de priemende ogen keek van Jane Bowles, die met een sigaret in haar rechterhand leek te leunen tegen de rug van haar biografie *A Little Original Sin*. Lotte lag op de bank in het voorste deel van het huis en ik kon haar vanuit het achtergedeelte, waar de boekenkasten stonden, niet zien.

'Ja,' riep ze terug. 'Hoezo?'

Ik stopte met inpakken, liep naar haar toe, schoof een stoel dichter naar de bank toe, ging zitten en ik vroeg haar waarom ze die avond zo boos werd, toen ik suggereerde dat ze haar eigen ideeën aan Mr. Tallicz toeschreef.

Ze aarzelde om mijn vraag te beantwoorden, bedacht zich en keek me toen recht in mijn ogen aan.

'Ik ergerde me aan je, Max,' zei ze buitengewoon zacht. Bij het uitspreken van deze zin werden haar ogen lichter en ze waren van de ene seconde op de andere roodomrand, zonder dat zij huilde of haar ogen uitgewreven had. Ik had het vaker bij haar gezien en herkende het als een teken van verdriet. 'Ik ergerde me eraan dat je niet Tobias bent,' zei ze met moeite. 'Je maakte een opmerking die de plank volkomen missloeg, waardoor ik me realiseerde dat je nog te weinig besef hebt van waar ons boek om draait en dat maakte me teleurgesteld en kwaad, ook op mezelf natuurlijk, zo gaat dat. Ik ben er te veel van uitgegaan dat jij aan een half woord genoeg hebt, maar jij bent Tobias niet en soms vergeet ik dat. En op het moment dat ik daarachter kom, voel ik me schuldig, tegenover Tobias, tegenover jou, en als ik me schuldig voel scheld ik iemand anders de huid vol, dat spreekt.'

Vanuit een diep gevoel van spijt over het valse motief dat mij die avond gedreven had een opmerking te maken over de herkomst van de ideeën, greep ik haar hand en ik zei tegen haar dat ik het verschrikkelijk vond om haar teleur te stellen.

'Je zou er eigenlijk blij mee moeten zijn, schat,' zei ze, terwijl ze met haar duim de bovenkant van mijn hand streelde, 'ik kan alleen teleurgesteld worden door mensen van wie ik hou.'

'Ik houd ook van u,' zei ik.

'Ja,' zei ze.

De volgende dag zijn we in alle vroegte naar Bretagne vertrokken. Tot dan toe waren we er alleen in de zomers geweest, maar in dat jaar deed de herfst zeer vroeg zijn intrede en begonnen de bladeren al in de tweede week van de septembermaand een goudgele gloed te verspreiden. Zelfs in de stad rook je de aardse geur van vochtig loof. Ze had een goede ochtend en de eerste uren van onze reis zat zij achter het stuur. Sinds ons gesprek had ik een gevoel waarvoor ik in mijn onvolkomenheid geen ander woord kan vinden dan vredig. Ik ben die avond nog een poos bij haar blijven zitten met haar hand in de mijne. Ze had haar ogen gesloten en na enkele minuten hoorde ik aan haar ademhaling dat ze sliep. Nooit eerder had ik de kans zo langdurig en ongezien naar haar te kijken en zonder het te willen, moest ik denken aan het sterven en aan de dood. Ik weet niet hoe lang ik zo bij haar zat. Na een poos heb ik voorzichtig haar hand losgelaten en ben ik verdergegaan met het inpakken van de boeken, onze computers en de keurige stapeltjes kleren die zij had klaargelegd in haar slaapkamer. Ze is wakker geworden van het knetteren van het vuur, dat ik voor haar aangestoken had en ze heeft loom en verlegen naar me gekeken.

'Soms kan droefenis zo lekker zijn,' heeft ze toen gezegd.

We hebben na die reis nog twee zomers in Bretagne doorgebracht, maar het is de laatste keer geweest dat zij zelf de tocht gereden heeft. In het daaropvolgende jaar reed ik haar naar het buitenhuis in een bestelauto, waarin voldoende ruimte was voor een smalle, elegante, gemotoriseerde rolstoel. De stokken die de arts haar had aangemeten heeft ze nooit gebruikt, omdat ze te weinig kracht had in haar schouders en armen om zichzelf erop voort te zwiepen. Ze had haar goede en haar slechte dagen, maar de dokter kreeg gelijk, de ziekte kende geen weg terug. Het was tijdens ons herfstige verblijf aan de Bretonse kust, toen we weggereden waren met drie kisten vol boeken en zij, vervuld van het genot dat het autorijden haar gaf, achter het stuur gezeten had, dat ik gezien heb hoe het gevecht begon met een lot waarvan ze tot dan toe de indruk wekte zich er gelaten bij neer te leggen.

In het huis op de heuvel bewoonde ik de ruime zolder-etage en Lotte sliep en werkte in twee kamers op de begane grond. De centrale ruimte in het huis was de keuken, waarin zich in het midden een ovale houten tafel bevond die plaats kon bieden aan minstens tien personen. De kamers van Lotte grensden aan de keuken. In de afgelopen zomers hadden we zo onze rituelen ontwikkeld die bij het verblijf in dit huis pasten. Ik was meestal degene die als eerste opstond, naar beneden ging en in de keuken koffie zette. Soms daalde ik daarna de heuvel af en maakte een wandeling langs het strand, maar in het jaar dat de pijn begon durfde ik dat niet meer, ook al was ik altijd bereikbaar via mijn buzzer en mijn mobiele telefoon. Het was al tijdens de eerste ochtend dat ik in de keuken bezig was en die geluiden hoorde vanuit de kamers van Lotte. Ze kreunde en brieste en af en toe vloekte ze luid. Ik hoorde haar heen en weer lopen als een wolf en toen ze de deur naar de keuken opende, zag ik voor het eerst wat de pijn met haar deed, hoe ze scherpe voren trok in haar gezicht en een machteloze woede losmaakte die ik niet van haar kende. Ze stond in de deuropening, liet haar armen slap langs haar lichaam hangen en ze keek me aan met een blik waarin hulpeloosheid en verzet met elkaar overhooplagen.

'Ieder woord dat ik tik doet pijn,' heeft ze me met opeengeklemde kaken toegesist.

'Laat me je dan helpen.'

'Goed.'

Het is in dat jaar in Bretagne, in het jaar dat de pijn begon en ik het verlengstuk werd van haar hoofd, dat mijn liefde voor Lotte Inden, net als haar ziekte, geen andere richting op kon dan vooruit. Het was een zin die ik ooit bij haar onder *liefde* aantrof, die mij nu dagelijks begeleidde, als ik naar haar keek, naar haar luisterde en haar woorden noteerde.

'Er is een honger in het hart van de liefde,' had ze geschreven en ik herinner me dat de tekst erover ging dat zij het eigen vond aan het wezen van de liefde dat je er altijd meer van wilde.

Ze had de gewoonte aangenomen soms naar mijn pols te grijpen om de kracht in haar rechterhand te testen. Ze zei dat de pijn helder en duidelijk was, maar dat het erop leek dat ze af en toe te moe werd om zich te doen kennen en dan overging in een doffe toestand waardoor haar lichaam akelig onwezenlijk werd en zij niet meer wist of haar ledematen nog bij haar hoorden en gehoor gaven aan de opdrachten van haar brein.

'Mag ik even knijpen?' vroeg ze dan terwijl ze haar hand al op mijn arm gelegd had en als ze vervolgens kneep moest ik haar vertellen of er nog wat leven in die greep zat.

Het waren haar vingerafdrukken in mijn vlees en het zoeken naar zinnen die me bij het begin van het einde met de dag dichter bij Lotte brachten. Dichterbij is misschien niet het juiste woord. Het was eerder zo dat ik me meer en meer in Lotte waande en samen met haar naar buiten bracht wat zich binnen in haar bevond.

Voordat ze mij toestond haar te helpen met het schrijven van het essay had ze me uitgelegd wat ze wilde en waarom het onderwerp van het essay behoorde tot het omvangrijkere stelsel van de grote roman.

'Het woord narcisme komt me mijlenver de keel uit,' begon ze, 'en als iets me mijlenver de keel uitkomt wil ik weten waarom. Ik kom daar alleen achter, als ik er-

over nadenk. Dus dat doe ik nu. Zodra het woord op-
duikt ligt achter dat woord een beschuldiging verborgen en de klakkeloze stupiditeit van degenen die dat
oordeel vellen maakt me razend. Dat oordeel is in de
wereld gebracht door een aantal mensen en het is vooral door het boek van Christopher Lasch, *De cultuur van
het narcisme*, algemeen verbreid. Narcisme is sindsdien
een modewoord. Iemand die zelf kan nadenken mijdt
modewoorden als de ziekte en veracht de papegaaien.
Ik zeg niet dat dat boek van Lasch slecht is of onwaar,
maar het gaat uit van een aantal vooronderstellingen
waar je wel degelijk vraagtekens bij kan zetten. De
voornaamste daarvan is dat hier iemand het lef heeft de,
overigens zeer aanlokkelijke, bewering te doen dat een
eeuw één soort persoonlijkheid oplevert. Waar de twintigste eeuw, en met name de tweede helft daarvan, ons
volgens hem mee heeft opgezadeld, is met de gevoel-
loze, door zichzelf geobsedeerde, egomaniakale narcist, volkomen onbekwaam in het hebben van sponta-
ne, echte, diepe gevoelens, ha ha, in het onderhouden
van langdurige, betekenisvolle relaties, in het doen van
zinvol werk, vlot en charmant in de omgang, voortdurend bezig met het taxeren van de indruk die hij op anderen achterlaat en intussen diep gekweld door de kie-
rende leegte van zijn eigen hart. Ik vind het nogal wat
om mijzelf en mijn generatiegenoten voortdurend voor
zelfobsessief en gevoelloos uitgemaakt te horen worden
door een aantal solipsisten die beweren dat deze eeuw
weliswaar allemaal narcisten voortbrengt, maar die daar
zelf helemaal geen last van hebben, want de criticasters
van het narcisme wisten zich natuurlijk te onttrekken
aan de verpletterende invloed van de tijd waarin zij leven. "Wat voel ik eigenlijk echt?" is de prangende vraag
waardoor de narcist zich de godganselijke dag geplaagd
weet, maar ik kan mij werkelijk niet herinneren mijzelf

ooit deze belachelijke vraag gesteld te hebben. Die Lasch heeft natuurlijk iets uitgewerkt waar anderen al mee bezig waren, zo gaat dat, de geesten slijpen zich aan elkaar. Ik denk dat hij het meest heeft gehad aan het laatste deel van *The Fall of Public Man* van Richard Sennett. Behalve dat ik het een intelligenter en fascinerender boek vind, is het bovendien gelukkig verstoken van die toon van permanente verontwaardiging en conservatisme, die Lasch aanslaat. Lasch' betoog is een heimelijk pleidooi voor het herstel van de waarde van het gezin, de religieuze gemeenschap, de burenhulp en zovoort, smeekbeden om een zogenaamd verloren goed, die je ongetwijfeld de laatste jaren in allerlei vormen hebt horen en zien opduiken. Sennett wijt het ontstaan van zoiets als de narcistische persoonlijkheid aan een veel interessantere verdwijning, namelijk het weggevaagde onderscheid tussen de publieke en de private wereld.'

'De grote roman,' onderbrak ik haar.

'Max, ik kan je wel zoenen,' reageerde zij met een komische gelatenheid.

'Hoeveel heb je al zelf opgeschreven?'

'Dit zo ongeveer.'

'Waar wil je naar toe?' vroeg ik.

'Naar waar ik altijd naar toe wil,' grijnsde ze sardonisch haar kortstondige ongemak weg, 'laten zien dat er niets nieuws onder de zon is, dat wat anderen doen voorkomen als een typisch twintigste-eeuws verschijnsel, terug te voeren is op een oude, eeuwige en menselijke strijd.'

'Tussen?'

'You name it, tussen binnen en buiten, jij en ik, echt en onecht, werkelijkheid en fictie. Dat domme fulmineren van de critici tegen de zogenaamd autobiografische literatuur ben ik ook spuugzat. Het is als beschuldigend oordeel verwant aan het bestempelen van alles wat los en vast hangt als narcistisch. Iedereen bauwt iedereen maar een beetje na en komt met zo'n alfahype op de proppen. Waar denken ze in godsnaam dat de literatuur vandaan komt? Er wordt gedacht op een voorgeschreven manier, binnen het raamwerk van een enkel woord en dat woord is een kooi. Niemand die eens een poging doet een historische, sociologische of andere verklaring te geven voor de toename van een verschijnsel of voor de wendingen en verstrengelingen van de genres. Het stempel narcistisch of autobiografisch heeft geen enkele analytische of onderscheidende waarde, geen enkele. Gezeur aan mijn kop! Beckett, Brodkey, Joyce, Duras, Genet, Pavese, Proust, Multatuli, Capote, Roth, Dostojevski, de hele godvergeten wereldliteratuur is autobiografisch, dus dat zegt niks. Noem je het neorealisme of zo, dan is het al direct andere koek. Er wordt niet meer verklaard, er wordt veroordeeld en beschuldigd. Naast de poëzie, de popsong en een handvol andersoortig proza, is de roman de enige kunstvorm waarin het unieke menselijke fenomeen van de zelfbespiegeling en de helse afzondering van het denken vormgegeven kan worden, want iedere andere kunst laat je buitenstaan, laat je ertegenaan kijken. Wanneer op een bepaald moment in de geschiedenis van de literatuur de zelfbespiegeling weer een ruimere plaats inneemt, dan heeft dat te maken met dat moment in de geschiedenis, met de positie en de afbakening van de literatuur tegenover andere media.'

Lotte had de woorden eerder uitgespuugd dan uitgesproken en ze had blossen op haar wangen van de opwinding.

'Lasch en Sennett zijn wel heel Amerikaans,' zei ik, terwijl ik volop genoot van haar felheid. 'Wij hebben hier misschien net iets meer Heraclitus, Plato, Aristoteles en Augustinus gelezen dan de gemiddelde Amerikaan, denk ik.'

'Ik weet niet of dat zo is,' zei ze, 'ik weet wel dat zij meer doordrongen zijn van fenomenen die wij wegmoffelen onder onze trots op de oude cultuur. Wij zemelen net iets te lang door over Griekse mythen, kabbala, joods-christelijke symboliek en de wonderen van de alchemie, terwijl zij weten dat Batman, Donald Duck, James Dean en Columbo minstens zo belangrijk zijn en dat de werkelijkheid niet meer te begrijpen valt als je het nieuwe gedrag dat de bioscoop, de televisie, mobiel bellen, internetten, buzzen en virtuele seks opleveren, links laat liggen in je analyses.'

'Maar we hebben in ieder geval een oorlog die ons dichter op de huid zit dan de Amerikanen. Hoe kun je nu een analyse maken van een twintigste-eeuwse persoonlijkheid en nauwelijks een Tweede Wereldoorlog vermelden?'

Lotte keek me aan zonder de indruk te wekken dat ze hoorde wat ik zei.

'Het gaat mij erom te laten zien dat het fenomeen van de zelfbespiegeling zo oud is als de straat en een verhoogde mate van zelfbespiegeling treedt altijd op onder dezelfde omstandigheden, namelijk wanneer de noodzaak groter wordt om een onderscheid aan te brengen tussen wat oorspronkelijk is en wat niet, tussen leugen en waarheid, echt en onecht, fictie en werkelijkheid, tussen verzwijgen en openbaren. Ik geloof niet dat de mensen zo wezenlijk veranderd zijn. Wat in de tweede helft van de twintigste eeuw veranderde was de status, het karakter en de kennis van een aantal zaken. De status van het geheim is bijvoorbeeld ingrijpend veranderd en sowieso betekent zoiets als fictie niet meer hetzelfde als een eeuw geleden. Zodra er sprake is van een crisis dan komt dat omdat er iets aan de hand is met het onderscheid tussen het een en het ander, dat is vervaagd, dat is onduidelijker en daardoor complexer geworden.'

Aan haar gezicht en haar schouders zag ik dat ze wilde reiken naar de pen en haar notitieboekje, die voor haar op de tafel lagen. Het lukte haar niet.

'Kun je even iets opschrijven?' vroeg ze daarop en ze wendde haar gezicht af om voor mij te verbergen dat ze bloosde. Met een impulsieve wetenschap van hoe ik haar het spreken kon vergemakkelijken, draaide ik mijn rug naar haar toe, nam pen en papier en wachtte in deze afgewende houding op haar woorden.

'Ieder hoofd is een archief en in ieder lichaam liggen herinneringen besloten,' dicteerde ze toen zonder al te veel haperingen. 'Ze kwamen van buiten naar binnen. We waren nooit alleen op de wereld. We waren altijd omringd door anderen die zich met hun woorden, hun aanrakingen, hun stommigheden en hun wijsheid, met hun meedogende en hun straffende blikken nestelden in het geheugen van onze hersens, van onze huid en van onze organen. We werden geboren en lagen in de wieg onder een deken van duizenden jaren geschiedenis en we hadden geen mogelijkheid om eronderuit te komen en er niets van te weten.'

Ze kreunde en stopte.

'Zei ik "stommigheden"?'

'Ja.'

'Maak daar maar "vergissingen" van.'

De brieven waarom Lotte verzocht had bevonden zich in de insteekhoes van de ringbandklapper F-H. Het handschrift op de enveloppen was zorgvuldig en verraadde een grote inzet van de schrijver ervan.

'Ik ben triest. Ik verlang naar de stem van mijn moeder,' had Lotte die ochtend tegen mij gezegd en ze had me verteld waar ik een aantal brieven van haar moeder kon vinden. Ze zei dat ze die nacht van haar moeder had gedroomd en droevig uit die droom ontwaakt was.

'Ik ben natuurlijk blij dat het mijn ouders bespaard is gebleven mijn aftakeling te moeten meemaken,' had ze met een treurige blik in haar ogen verteld. 'Het ligt in de hiërarchie van de rechtvaardigheid dat kinderen de ouders begraven, maar ik zou er alles voor overhebben als ze nu even bij me waren om mij te troosten in het afscheid nemen. Ik heb propartum-verdriet, Max.'

'Het hele leven is een groot propartum-verdriet,' zei ik en ik kreeg haar daarmee aan het lachen.

'Geloof je in iets,' vroeg ik toen voorzichtig, 'in een leven na de dood of zo?'

'Ik geloof niet dat de doden nog leven, nee,' zei ze, 'al zou ik dat wel willen. Maar in mijn dromen lopen ze rond, mijn moeder met haar kwieke tred en haar trotse rechte rug, mijn vader rustig en vol vertrouwen in dat sterke, lenige lichaam en TT met zijn nerveuze, aandoenlijke dribbel en dan wil ik ze grijpen en uit de film van mijn droom halen, ze weer op aarde neerzetten, ze bij me hebben. Het is die verrotte illusie van de tastbaarheid die het ontwaken uit de droom zo pijnlijk kan maken.'

'Ik was opgelucht bij de dood van mijn vader,' zei ik.

'Ja schat, dat weet ik,' zei Lotte zacht, 'en het is bepaald niet iets waar ik je om benijd.'

'11 april 1990

Mijn lieve dochter,
Dank je wel voor je prachtige brief. Eerst heb ik hem gelezen en toen heb ik hem aan papa gegeven en we zaten allebei met de tranen in onze ogen, dat mag je gerust weten, daar schamen wij ons niks voor, papa ook niet. Je probeert het als ouders toch allemaal zo goed mogelijk te doen. Het is fijn als de kinderen je later dankbaar zijn,

dat kan ik je niet zeggen, hoe blij we daarmee zijn. En iedereen heeft fouten gemaakt, dat weten we goed genoeg. Maar kind, vroeger moest je het ook allemaal maar zelf uitzoeken, dat is niet zoals tegenwoordig, nu er van die programma's zijn op de televisie en boeken en crèches en cursussen. Dat hadden wij niet. Wij gingen iedere dag naar de kerk en wij baden voor het geluk van onze kinderen, voor ieder kind een tientje van de rozenkrans en soms ook wel twee, als jullie examens moesten doen of later van die verre reizen gingen maken. Met Gods hulp zijn jullie goed terechtgekomen en daar bedank ik Hem nog iedere dag voor.

Je stelt wel weer moeilijke vragen, kind, maar papa zegt dat je dat altijd gedaan hebt. Wij hebben het onszelf ook vaak afgevraagd, waar jullie het toch vandaan hebben, dat is ons soms echt een raadsel. En het was voor ons eenvoudige mensen niet altijd even gemakkelijk om kinderen te hebben die het zo goed deden op school en die algauw meer wisten dan je zelf ooit geweten had en die eigenlijk heel andere dingen wilden dan andere kinderen. Daar heb je als ouder toch zorgen om. Nu zijn we natuurlijk heel trots als hij op de televisie komt, maar toen onze Just naar de toneelschool wilde, hebben papa en ik daar veel moeite mee gehad. Niemand bij ons in de familie had kinderen die zulke abnormale dingen verlangden en wij hadden ook liever gehad dat hij gewoon werk ging doen met zijn knappe verstand, zoals zijn neef, die ook zo'n hoge punten haalde op school en die voor ingenieur ging doorleren. Toneelspelen deden ze bij ons thuis als liefhebberij en wij vonden dat geen beroep voor onze jongen, want je maakt je als ouder ongerust dat daar later geen droog brood mee te verdienen valt en dat het vreemd toegaat in dat wereldje van de artiesten, met drank en drugs en zo. Dat onze Michael dierenarts werd en onze Timmie geschiedenisleraar, dat is beter te begrijpen, dat is meer iets wat in de familie zit, want je grootvader van papa's kant was een echte paardenkenner en ons Mick was als kleine jongen niet weg te slaan van de boerderij. Het was prachtig om te zien hoe je broertje een zwijgzame man als je grootvader om zijn vinger kon winden en als die twee hand in hand door de velden liepen dan kon je weleens een brok in de keel krijgen, zo'n mooi gezicht als dat was. Je grootvader was een strenge man, maar zeer rechtschapen en ook al leefden die lieve mensen heel teruggetrokken, iedereen kon toch een beroep op hem doen als een beest ziek was of een paard gekeurd moest worden. Dus ik denk dat onze Michael zijn dierenliefde daar vandaan heeft en dat hij daarom nogal afgezonderd leeft, op het land. Onze jongste is een ander verhaal en ik wil mijzelf niet op de borst kloppen, maar ik denk dat hij die liefde voor geschiedenis het meest van mij heeft, want ik hou toch ook zo van geschiedenis en toen hij geboren werd waren jullie al ouder en had ik wat meer tijd voor mijzelf, zodat ik 's avonds weer boeken kon gaan lezen en dan vertelde ik Timmie voor het slapengaan over Napoleon en Sissi en Lodewijk de Veertiende. Zo, nu heb ik iedereen gehad behalve jou, maar als je het niet erg vindt hou ik er even mee op. O, het is al voorbij elven en papa zit ook te gapen en ik heb een beetje kramp in mijn hand, want ik ben het niet gewend zoveel te schrijven. Jij wel hè? Slaap lekker lieve kind en tot morgen. Daaaaag.

Goedemorgen Lotje, hier is je moeder weer. Heb je goed geslapen? Papa en ik ook hoor. Papa heeft net zijn ontbijt op en die is even buiten aan het werk. Hij zei dat ik je in ieder geval moet vertellen van De Man met de Haak, dat vindt papa zo'n mooi verhaal en echt zoals jij was. Van jou hebben we nog het minst vermoed wat er van je zou worden. Want kind, je was als kwikzilver. Je was nog geen zes weken oud en zo beweeglijk en druk dat ik je geen seconde uit het oog kon verliezen. Voordat ik het wist had je je van de tafel gerold en lag eerst verschrikt en daarna krijsend van de pret op de grond. Ze wil leren fietsen voordat ze kan lopen, zei papa daarover, leuk hè? We hadden wel veel plezier van je, want als klein kind was je altijd zonnig en vrolijk. Op school was je daarna ook veel te druk en wij zijn heel wat keren bij je verschillende onderwijzers moeten komen om over jou te praten, want je kon een hele klas op stelten zetten en je deed niks waar je geen zin in had. In je rapporten stond bij gedrag altijd: kan beter. Het is wel zo dat je kon lezen en schrijven voordat je in de eerste klas kwam en we hebben geen idee van wie jij dat geleerd hebt. Het is alsof je het van jezelf kon en papa en ik vonden het een klein wonder, maar dan nog niet te denken dat je later schrijfster zou worden. Je was vroeger net een jongen en je klom in de hoogste bomen, je sprong op rijdende karren en je deed allemaal van die gevaarlijke dingen die meisjes normaal niet doen. We hadden wel veel zorg om je, papa en ik, want je was bij het ravotten ruwer dan al die jongens bij elkaar en je bent heel wat keren thuisgekomen met kapotte knieën of een gat in je hoofd en soms wilde je dat voor je moeder verbergen en dan zat 's morgens je hele kussen onder het bloed, weet je nog? Het is niet als verwijt bedoeld, kind, maar toen je ouder werd en stiller, had je een geheim leven, papa en ik wisten niet meer wat er in je omging. Je kunt ons Lotje wel voor de kop kijken, maar niet erin, zei papa en dat was ook zo, want hoe vrolijk en goedgehumeurd je ook altijd deed, we kregen niks uit je los. Het was heel gek een kind te hebben dat zo spontaan en levenslustig en tegelijkertijd zo geheimzinnig en gesloten was. De jongens konden op z'n tijd bij me komen met hun sores en dan probeerde je ze als moeder zo goed mogelijk te adviseren, maar jij knapte je zaakjes zelf op en als ik je weleens vroeg wat je toch allemaal dacht en deed, dan reageerde je gepikeerd en dan was ik nog geen stap verder. Laat Lotje maar schuiven, die redt zich wel, zei papa dan, maar hij was er ook niet altijd gerust op en dan deed hij stoer tegen mij en lag verder de hele nacht naast me te woelen en te piekeren. We hebben wat zorgen om jullie gehad, kind, maar ik denk dat iedere ouder dat heeft, of niet? Kinderen zijn levenslang, zeggen ze, en dat is ook zo. Michael, Just en jij werden groot in een tijd die voor ons onbegrijpelijk was, met al die beatmuziek en zo en die lange haren en spijkerbroeken. Dat was toch niet gemakkelijk. Papa kreeg toen ieder jaar zo'n kantooragenda met een harde kaft en jij was dertien of zo, dat weet ik niet meer precies, toen hij in dat jaar van twee firma's zo'n agenda toegestuurd kreeg. Hij heeft er toen een aan jou gegeven, omdat jij hield van alles wat van papier gemaakt was, weet je nog, en vanaf dat moment zat je iedere dag urenlang op je kamer te schrijven. Je hebt het denk ik nooit geweten, maar in de daaropvolgende jaren kreeg hij er geen twee meer voor niks. Hij heeft er toen gewoon ieder jaar een voor jou bijgekocht, zonder dat ooit tegen je te zeggen, lief hè. Nu wil jij weten waar het allemaal vandaan komt en ik kan je daar als moeder niet echt een antwoord op geven. Je hebt het van twee kanten, denk ik, dat teruggetrokkene van de kant van je vader en dat uitgelatene van die van ons.

Zo kind, nu ga ik er een punt achter zetten, want papa komt net thuis en we gaan nu samen een boterham eten, met een kop lekkere bonensoep erbij van gisteren, want die smaakt een dag later nog beter. Zorg jij ook goed genoeg voor jezelf? Papa vraagt of ik je het verhaal van De Man met de Haak verteld heb, maar dat ben ik straal vergeten. Dat doe ik dan de volgende keer, goed? Het is toch een dikke brief geworden, dat vind jij wel fijn hè. Pro-

beer nou eens wat minder te roken, Lotje, en verder verheugen we ons erg op je bezoek van volgende week.
Daaaaag, een dikke zoen van je liefhebbende vader en
moeder, mama.'

Voordat ik ze aan Lotte gaf, heb ik het die ochtend bij het
lezen van die ene brief gelaten. Nooit eerder had ik me
Lotte voorgesteld als kind, maar door het lezen van de
brief van haar moeder zag ik vol weemoed het begin van
dit leven, een wilde, vrolijke baby op een deken, die van
pure pret alles beweegt wat er te bewegen valt en die een
ongebreidelde levenslust betaalt met haar eerste val.
Het was dezelfde Lotte die ik nu steeds vaker moest on-
dersteunen, tillen en dragen, die ik baadde en die ik op
de wc zette en die dan steevast in mijn oor mompelde
dat ze weer terug was naar af.

Ze keek me verbaasd aan toen ik haar het pakje brieven overhandigde.

'Mijn lieve lamme Lotje,' zei ik, 'je was als kwikzilver.'

'Schrijft mijn moeder dat?' zei ze ontroerd.

'"Kind, je was als kwikzilver."'

'Ach, de schat,' zei Lotte en terwijl ze de enveloppen
bekeek kreeg ze tranen in haar ogen.

'Het is het handschrift,' verontschuldigde ze zich. 'De
handschriften en de stemmen van geliefde doden zijn
zo bedrieglijk levend en daardoor eigenlijk onverdraaglijk. Ik zie mijn moeder zo voor me, terwijl ze ingespan-
nen boven het papier zit en schrijft. Je kunt aan haar
handschrift aflezen dat ze zich bij ieder woord de lessen
herinnert van de juffrouw die haar leerde schrijven en
dat ze nog steeds probeert netjes tussen de lijntjes te
blijven en de letters van de woorden aan elkaar te verbinden.'

'Je hield van haar,' zei ik met een fleem van jaloezie,
die haar niet ontging.

'Ja,' zei ze rustig, 'ik heb altijd heel veel van mijn vader en moeder kunnen houden.'

Voordat ik haar alleen liet met de brieven van haar moeder vroeg ik haar of ze mij straks het verhaal van De Man met de Haak wilde vertellen.

'Dat is goed,' zei ze met een grote, treurige glimlach.

Aan de vooravond van ons vertrek uit Bretagne heeft ze mij het verhaal van De Man met de Haak verteld, een verhaal dat volgens haar vader zo typerend was voor Lotte.

'Het landgoed van mijn grootvader van vaderskant lag aan een rivier. Wij, als kinderen, speelden natuurlijk graag in de weiden. Het was er paradijselijk mooi. De rivier maakte er een bocht, de bomen stonden hoog en in de verste verte waren er geen grote mensen te bekennen die je konden storen in je spel. Om ons te waarschuwen voor het gevaar van de rivier, zeiden onze ouders dat in de rivier De Man met de Haak zat, die kleine kinderen de diepte introk als je in het water kwam. Ik geloof niet dat ik het geloofde, maar het kon me niks schelen dat ze ons iets probeerden wijs te maken. Ter geruststelling van hen weersprak ik het verhaal van De Man met de Haak niet en ik deed alsof ik het geloofde. Tot op een dag onze vader met ons meeliep naar de rivier. Hij keek naar het water en hij wees ons op een kolk. "Kijk," zei hij, "daar zit De Man met de Haak." Dat ging mij te ver. Ik bedoel, je kunt me best iets wijsmaken, maar niet waar ik bij ben, want dan sta ik voor gek. Dus ik wees naar een kolk een eind verderop in het water. "Zit De Man met de Haak daar dan ook?" vroeg ik onnozel. Mijn vader trapte erin. "Ja," zei hij, "daar zit hij ook." Nu had ik al vroeg geleerd van de Almachtige God, die de onbegrijpelijke eigenschap bezat dat Hij overal tegelijk kon zijn. Dat één iemand zo machtig was vond ik meer dan genoeg. "Is De Man met de Haak dan God?" vroeg ik. Daar schrok mijn vader van, precies wat ik wilde. Hij vroeg me hoe ik daarop kwam en ik zei hem dat ik dacht dat alleen God op meerdere plekken tegelijk kon zijn en niemand anders. "Nee," zei mijn vader en ik herinner me dat ik dat heel fair van hem vond, "De Man met de Haak is niet God." Ik schijn toen sussend gezegd te hebben dat het natuurlijk alleen maar een verhaaltje was om de kinderen bij het water weg te houden en mijn vader heeft dat toegegeven. "Niet aan ons Timmie verklappen," heeft hij toen nog met een vinger op zijn lippen gefluisterd en dat viel me helemaal niet moeilijk, want dat van Sinterklaas hield ik ook al jarenlang voor me.'

Bij ons vertrek uit Bretagne waren voor mij niet alle, maar wel een groot deel van de geheime verbanden tussen de ingepakte boeken ontsluierd. Soms ging het haar maar om een enkele zin uit een boek dat we meegesleept hadden en als ik haar dan vroeg waarom we het hele boek twaalfhonderd kilometer hadden moeten vervoeren, zei ze dat ze dat als een vorm van schatplichtigheid beschouwde.

'Die boeken hebben eerst mij vervoerd voordat ik ze mocht vervoeren,' had ze gezegd.

De trefzekerheid waarmee ze mij opdrachten verschafte is mij in al die jaren blijven verbazen.

'Je moet vandaag drie zinnen voor mij onder elkaar zetten,' kon ze me zonder aarzeling vragen. 'De eerste staat in *Het materiële leven* van Marguerite Duras en die luidt: "Talent en genie vragen om verkrachting, zoals ze ook om de dood vragen." De tweede staat in het begin van de biografie van Jane Bowles en die moet je opzoeken. Het is de zin waarin de titel verklaard wordt, *A Little Original Sin*, hij staat in een gedichtje dat ze, met taalfouten en al, op

haar twaalfde of dertiende neerschrijft, in het poëzie-
album van een vriendin. En die derde wordt een beetje
moeilijker, dus ik hoop dat je het in de aantekeningen in
het boek terug kunt vinden en het kunnen ook best meerdere zinnen zijn, maar ze zijn te vinden in *Prometheus* van
Carry van Bruggen en ze gaan allemaal over dat onderscheid tussen individualiteit en uniformiteit en nu gaat
dat hele boek daarover, dus als ik geen prangende zinnen
gedestilleerd heb, moet je het naar beneden brengen.'

Hoe de grote roman in elkaar ging steken, was me in de
loop van de tijd steeds duidelijker geworden, zodat het
voor mij minder raadselachtig was de zinnen waarom ze
gevraagd had te destilleren.
   'Talent en genie vragen om verkrachting, zoals ze ook
om de dood vragen.'
   'For there is nothing orriginal about me,
   But a little orriginal sin.
   It was a separating sin, separateness itself becoming
sin.'
   'Distinctie, anders dan anderen te zijn, is de voorwaarde van ons zelfbehoud, daarom streven we naar distinctie – wat ons soms een hebbelijkheid schijnt, is een
Noodzakelijkheid, een levenseis, omgezet tot "lust".'
   Om mij behulpzaam te zijn had Lotte op haar computer een simpel schema ontworpen dat bestond uit
clusters van woorden die ik in de afgelopen jaren uit de
boeken gedestilleerd had. De clusters waren onderling
verbonden door een hoofdwoord, dat ze in kapitalen ge-
tikt had. Met een rood hoofd van de inspanning en van
het genot kon ze naast me zitten en, voorovergebogen
over een print van het schema, gloedvol vertellen over
de wonderlijke verbintenissen tussen het geheim, het
afscheid en het onderscheid en hoe die hun plaats konden vinden in het bestek van de roman.

'Dit is bijna puur geluk,' kon ze dan zeggen, terwijl ze met een rode pen de lemma's waarom het ging omcirkelde.

In een gesprek met Margaretha had deze over de structuurzucht van Lotte opgemerkt dat die waarschijnlijk voortkwam uit onmacht, uit het verlangen datgene wat onbeheersbaar is te beheersen en te controleren.

'Weet je waarom je dit altijd deed,' heb ik Lotte op een dag gevraagd, 'alles wat je ziet en leest rubriceren onder een enkel woord?'

'Om beter na te kunnen denken,' zei zij zonder na te denken. 'Als ik naar een natuurfilm kijk en me realiseer dat ik natuurfilms enger vind dan de engste horror, dan maak ik daar een aantekening van en rubriceer die onder *echt-onecht*. De rubriek is al een duiding en het vinden van een lemma is het begin van de gedachte. Ik vind natuurfilms zo eng omdat ze echt zijn, omdat het beeld van het ene beest dat een ander beest aan rafels scheurt samenvalt met de werkelijkheid en ik dus op dat moment kijk naar de pijn en de dood van een levend wezen.'

Ik vertelde haar dat een professionele psychiater een ietwat minder flatteuze kijk had op haar neiging alles te structureren en te rubriceren.

'Welke dan?'

'Het verlangen te beheersen wat onbeheersbaar is.'

Door mijn verhalen over en weer hadden de twee vrouwen, zonder elkaar ooit ontmoet te hebben, sympathie voor elkaar opgevat, wat onder meer het prettige gevolg had dat Lotte niet onmiddellijk haar kont tegen de krib gooide als ze ook maar enige tegenspraak vermoedde.

'Zegt Margaretha dat?' vroeg ze lacherig.

Ik beaamde dat. Zij dacht even na en knikte daarna langzaam.

'Ze heeft wel een beetje gelijk,' gaf ze met moeite toe. 'Denken komt voort uit het verlangen naar zin, naar troost, naar macht, naar een ontsnapping uit de wanhoop en uit de gruwelijke verlatenheid van het verstand, ja, dat zal allemaal wel.'

Omdat ik nog maar kort daarvoor de zinnen van Duras, Bowles en Van Bruggen onder elkaar zette en zij over deze vrouwen had gezegd dat het de meest eenzame vrouwen waren die ze ooit op papier leerde kennen, vroeg ik haar of het een verlatenheid van de schrijver was, waarop ze doelde.

'Nee,' zei ze, 'iedereen is zo verlaten, maar de schrijvers schrijven erover en heffen daardoor soms heel even de verlatenheid van de anderen op, maar daarvoor betalen ze met afzondering en een, bij tijd en wijle, grotere verlatenheid dan degene aan wie ze zich mededelen.'

'Want je onderscheidt je door het mededelen,' zei ik.

'Volgens mij heb je nu het helemaal begrepen, Max,' zei ze met een vermoeide grijns.

Enkele maanden nadat de pijn in haar schouders en armen begonnen was, verzwakten haar bekken- en beenspieren. Ze had het grote geluk dat ze nog wat kracht bleef houden in haar rechterarm en -hand, de hand die ze zo vaak op mij uitgetest had en die ze nodig had om deuren te openen, haar karretje te besturen en om zelf toegang te behouden tot haar erfelijk materiaal. Het was ook de hand die ze nog in mijn nek kon leggen als ik haar 's ochtends uit bed tilde, 's avonds naar bed toe droeg en die 's nachts over mijn gezicht streek.

'Wil je met mij naar bed, Max?' had ze op een avond gevraagd en ik heb toen ja gezegd, want dat wilde ik. Ik zei tegen haar dat het lang geleden was dat ik met een vrouw sliep.

'Behandel me dan maar als een man,' heeft ze me gerustgesteld. Het was niet nodig, want Lotte viel op geen andere manier lief te hebben dan als vrouw. Ze huilde toen ik voor het eerst met haar sliep en ik heb met haar gehuild toen ik haar voor het laatst beminde, toen ze zei dat de lust nog in haar hoofd zat, maar dat ze niks meer kon voelen. Dat was enkele weken voor haar dood en ik heb tegen haar gezegd dat de twee jaren die ik haar heb mogen beminnen de gelukkigste van mijn leven waren en ik herinnerde haar aan wat ze zei tijdens onze eerste nacht, dat ze bang was mij ongelukkig te maken, omdat ze me zo weinig toekomst kon bieden en dat de liefde eeuwigheid wil.

'De toekomst van een dag is ook toekomst,' heb ik toen tegen haar gezegd.

De beste manier om haar uit buien van lethargie te halen of haar de aanhoudende pijn te doen vergeten was om haar terug te brengen naar het materiaal voor de grote roman. Na zo veel jaren kon ik Lottes gezicht lezen als een boek en als ik zag dat ze haar pijn verbeet, wendde ik soms onbegrip voor en deed alsof ik iets van het materiaal nog onvoldoende begreep of dat het me nog niet duidelijk was hoe ik het aan moest pakken en welke plaats we het gaven in de roman. Daarmee riskeerde ik haar ergernis, want ze verdroeg geen traagheid van begrip, maar omdat ze in haar woede zo levendig was, nam ik dat voor lief en genoot ervan als mijn plan slaagde en ik me weer kon laven aan haar vitale tirades. Soms was daar niet meer voor nodig dan wat olie op het vuur te gooien als ik zag dat iets wat ze las haar irriteerde.

'Weer een vijand ontdekt?' vroeg ik dan.

'Nou en of,' kon ze dan zeggen en vervolgens zag ik hoe ze een korte strijd leverde met haar neiging toe te geven aan haar vermoeidheid en mij af te schepen met een verwijzing naar een lemma (zie onder *ergernissen*, of zo) en haar verlangen naar de gloed van de verontwaardiging. 'Heb je weer zo'n lapzwans die het nodig vindt te snoeven met zijn zogenaamde eerlijkheid en die dan, nota bene met trots, beweert dat natuurlijk net als hij, niemand ooit Musils *Mann ohne Eigenschaften* uitgelezen heeft, dat het oeuvre van Proust slaapverwekkend en *Ulysses* onleesbaar is. Dat maakt me blind van minachting en woede en tegelijkertijd vind ik het een lachwekkend, want onbedoeld, testimonium paupertatis. Kijk, domheid is onvermijdelijk, maar trots zijn op je domheid is wel het summum.'

'Ik moet toegeven dat ik *Ulysses* ook nooit helemaal uitgelezen heb.'

'Ja, maar jij schrijft dan ook geen literaire column voor een krant om dit bewijs van onvermogen vol trots wereldkundig te maken. Een literair criticus die Proust, Musil en Joyce niet gelezen heeft is net zoiets als een natuurkundige die zegt dat hij Newton overgeslagen heeft, omdat hij die maar niks vindt.'

'Hoe oud ben je nu? Dat je je nog zo opwindt over een algemeen menselijk verschijnsel als domheid.'

'Dat heeft toch niks met leeftijd te maken, Max. En ik erger me niet aan domheid pur sang, want die valt te mijden. Ik hoef met niemand om te gaan die mij niet bevalt. Ik erger me aan domheid waar ik niet onderuit kom omdat ze breed wordt uitgemeten in de media, ik erger me aan domheid die een pen mag voeren en die daardoor meewerkt aan een stemmingmakerij waar ik eng en bang van word.'

'U bent zo mooi als u boos bent.'

'O Max, alsjeblieft,' kreunde ze, 'zoiets zeggen ze echt alleen maar in B-films.'

Over haar einde was ze steeds heel uitgesproken geweest en ze had het uitvoerig met mij, haar broers en haar arts besproken. Tegen mij had ze gezegd dat haar dood vergelijkbaar was met die erfenis, dat ze die niemand aan kon doen.

'Ik kan mijn dood aan niemand anders overlaten,' zei ze.

Zodra de pijn te erg werd en de arts met morfine-injecties begon, wilde ze stoppen met eten. Ze kreeg haar eerste spuit drie weken voor haar dood. Over het tijdstip zei ze dat ze het wel iets vond hebben om te versterven met het einde van de eeuw. Ik ben vanaf dat moment aan haar bed gaan zitten of naast haar gaan liggen en ik ben alleen bij haar vandaan gegaan als haar broers of haar vrienden op bezoek kwamen. Met Margaretha sprak ik in die weken over de telefoon.

'Ze is aan het sterven,' heb ik gezegd toen ik haar opbelde nadat Lotte haar eerste injectie gekregen had. Aan de andere kant hoorde ik Margaretha een aantal keren ferm slikken.

'Dat is heel erg, mijn jongen,' zei ze met een brekende stem.

'Ken je het boek goed genoeg?' heeft ze een aantal keren bezorgd gevraagd, als ik naast haar op bed lag.

'Ja,' zei ik.

'Mijd bijvoeglijke naamwoorden,' zei ze en ze viel weer in slaap.

'Weet je wat er echt veranderd is in de loop van mijn leven?' vroeg ze.

'Nee.'

'Ik verloor de zin voor het geheim.' Ze was moe. Haar ogen waren half geloken en ik wachtte of ze ze zou sluiten of verder zou openen.

'Bevrijd je van je geheimen, Max,' zei ze toen met zwakke stem, 'want je geheimen maken je ongelukkig.'

'Hoe is het?' heb ik gevraagd.

'Het is verschrikkelijk en ook heel normaal,' heeft ze geantwoord. 'Die dood heeft er bij mij altijd wel in gezeten.'

Ik grinnikte en dat deed haar plezier.

'Het ergste vind ik dat ik weet welke pijn jullie gaan hebben, lieverd, jij en mijn broers,' fluisterde ze. 'Na de dood van TT heb ik in een spagaat geleefd, uitgerekt tussen het leven met een afwezige en een leven dat maar doorging, waarin ik rondliep en schreef en sprak en aanwezig was en waarin ik op een gegeven moment op geen enkele manier meer duidelijk kon of wou maken dat ik nog een ander, intiem leven had. Maar ik had een gat in mijn hart waarin de helft van alles wat ik meemaakte verdween. Ik had almaar een zin in mijn hoofd, uit een liedje dat gezongen wordt door Gladys Knight and The Pips: "I'd rather live in his world, than live without him in mine."'

'Denk je dan toch stiekem dat je hem zult weerzien?'

'Nee,' zei ze met een loensende blik van de vermoeidheid, 'maar ik word wel weer aan hem gelijk.'

Ze is gestorven bij het gloren van de ochtend. Ik heb haar nog een uur voor mijzelf gehouden voordat ik de dokter, haar broers en Axel belde.

'Ik wacht op je in het boek,' was het laatste wat ze tegen mij zei. Die avond, nadat alle gasten vertrokken waren uit ons huis, ben ik in het erfelijk materiaal gedoken om haar weer te ontmoeten. En ik wist precies waar ze was.